ネトゲの嫁が人気アイドルだった　1

～クール系の彼女は現実でも嫁のつもりでいる～

あボーン

CONTENTS

目次

My wife in the web game is a popular idol.

イラスト／館田ダン

プロローグ　PROLOGUE

My wife in the web game is a popular idol.

「和斗くん。これはどういうことかしら？」

日曜日の昼間。女子高生アイドルが住むマンションの一室。

そこで俺は――――正座をさせられていた。

部屋主のクールな性格を表すように、この部屋は整理整頓がされており、落ち着いた雰囲気を漂わせている。ホコリすら見当たらない。

「ねえ、私の話聞いてる？　今後の私たちに関わってくる大切な話よ」

「き、聞いてますよ……」

目の前で仁王立ちしている髪の長い美少女は【水樹凛香】。

静かな怒りを全身から迸らせ、こちらを凍てついた眼で見下ろしていた。

「和斗くん、もう一度聞くわね？　この子たちは誰かしら？」

凛香がスマホの画面を見せてくる。表示されているのは、とあるＭＭＯのフレンドリスト。ネトゲプレイヤーらしい愉快な名前がズラリと並んでいた（五人だけ）。

「その人たちは……普通のプレイヤーだよ。この間、たまたまダンジョンで一緒になって仲良くなったんだ」

「そう。私がログアウトしている間に浮気したのね」

「いやいや！　その人たち、中身は男だから！　アバターはバリバリの美少女だけど、中身は普通のオッサン（？）だから！」

俺が慌てて弁解するも凛香は納得しなかったらしく、髪の毛を掻き上げて「言い訳しないで」と無情にも冷たく言い放った。

「言い訳って……。この俺がオッサンと変な関係になると思うのか？」

「思うわね」

「なんでだよ！　迷いなしに即答されたのがショックなんだが……っ！」

「和斗くんはネカマおじさんが好きかもしれないわ」

「そんな特殊性癖はないよ、俺は！」

断言しよう。絶対にありえない！

もう一つ断言しよう！　彼らはネカマじゃない！

美少女キャラで遊んでいるだけの男性です………多分な！

「本当にそうかしら？　和斗くんが私に飽きておじさんに走る可能性は否めないわ」

「その可能性は意地でも否定してほしいです！　仮に凛香に飽きたとしても、おじさんに走ることだけはない！」

「……そう。やっぱり私に飽きたのね」

悲しげに項垂れる凛香。ともすれば涙すら流しそうな気配を漂わせた。

「例えばの話だって！　凛香と俺は中学からのフレンドだろ？　飽きるとか、そういうのはないってば」

「……証明して」

「え？」

「和斗くんが私に永遠の愛を誓っていると、証明して」

「い、いやいや……」

お、重い。永遠の愛とか言われても普通に困る。だって俺たちは……。

「私たちは結婚したのよ？　ネトゲの世界で」

「そ、そうっすね。でもリアルでは――」

「リアルでは……なに？」

静かな迫力を伴って凛香が尋ねてくる。

さながらバッドエンドに直行する選択肢を突きつけられているようだ。

A or B。

誤ったほうを選べば即終了。

セーブどころかロードすらない鬼畜ゲー仕様だ。

俺は冷や汗を流しながら慎重に言葉を紡ぐ。

「リアルでは……仲良しですね。それもすごく仲良し」

「そうね。まるで熟年夫婦のように絶対的な絆（きずな）を育んでいるわね」

「……」

　付き合ってすらいませんけどね。

　なんならリアルで知り合って、まだ一ヶ月も経（た）っていませんし。

「確かに私はアイドル活動で忙しいわ。それでも和斗くんを忘れたことはないの」

「へ、へぇ……」

「だから和斗くんも私のことを忘れないで」

「も、もちろん」

「ありがとう。というわけで私以外のフレンドは消去しておくわね」

「分かっ――――なんでだよ！　結構良い人たちなのに……！」

「ならこうしましょう。今度、私がその人たちと一対一で話し合うわ。それで和斗くんに邪（よこしま）な思いを抱いていないのが分かったらフレンドになるのを承認してあげる」

「そこまでされると俺が恥ずかしいんですけどっ」

「これが私の譲歩できる最低ラインね。ダメなら私以外のフレンドは諦めて」

「まじかよ。最低ラインの見直しをお願いしたいのですが……」

「無理ね」

　ピシャリと嘆願を拒否された。どうやら凜香は本気らしい。

はぁ……どうして、こうなったんだろう。
俺の人生が急変したのは二週間前のことだったか。
ネトゲで結婚したフレンドが、同じクラスの人気アイドルだったのだ――。

「やっぱり水樹さんは綺麗で可愛いよなぁ」

夕飯を食べ終えた後。二階の自室に戻った俺は、ベッドでだらだらと寛ぎながら『スター☆まいんず』のミュージックビデオをスマホで鑑賞していた。

彼女たちは世間から注目されている大人気アイドルグループである。

メンバーは五人。全員、可愛らしい女子高生だ。

しかし俺が観ているのは、クール系アイドルの水樹凜香のみ。

スター☆まいんずのファンと言うよりも彼女のファンと言うほうが正しい。

ファンになったキッカケは実に単純、同じクラスになったこと。

彼女のずば抜けた容姿とクールな振る舞い、そして存在感に心を奪われた。

思えばアイドルという存在を明確に感じたのは、これが初めてだったと思う。

水樹さんをこの目で見るまではアイドルに全く興味なかったし……。

だが教室内での水樹さんは、クールを通り越して少し冷たい態度が目立っていた。

つねにキリッとした表情で真面目な態度を一貫する彼女は、一部の生徒たちから距離を置かれてしまっていたのだ。

それでも美少女アイドルなので男子からの人気は恐ろしく高い。

しかし特定の男子と浮いた話があがるどころか、クラスメイトの男子とすら必要最低限の会話をするだけだった。

男が嫌いなのだろうか？　なんて噂が流れる始末。

なら女子たちと仲が良いのかと言われると、別にそういうこともなく……。

はっきり言って、水樹さんは教室内で孤立気味だった。

空気感が普通の人とは違うのも孤立しやすい理由の一つだろう。

俺たち凡人とは身に纏うオーラが明らかに違う。

周囲から空気読めない男と称される俺ですら、教室の隅っこから水樹さんの背中を眺めるのが限界なのだ。あれは話しかけるだけで緊張する。

どこかピリピリとした緊張感を漂わせていて話しかけづらい。

「けど挨拶くらいはしたいよなぁ。あの美声でおはようと言ってもらいたい……！」

水樹さんはグループの中で一番歌唱力が高いと世間から評されており、俺も疑いなくそう思っている。水樹さんの声を聞くだけで心が震えるのだ。

「勇気出して、明日こそは朝の挨拶をしてみるか……！」

せめてクラスメイトとして挨拶する程度の関係にはなりたい。猛烈に憧れているのだ。

という願いを抱いてから既に数週間が経過していた。我ながらヘタレすぎる。

「ま、ネトゲ廃人の俺なんかが、水樹さんとお近付きになれるわけないか」

自嘲気味に呟いた直後、ピロンとスマホから通知音が鳴った。

ゲーム用のチャットアプリだ。メッセージ送信者の名前は【リン】。

『インしてるよ～』

「お、もうそんな時間か」

現在時刻は21時4分。

待ち合わせの時刻が21時だから……少し遅刻しちゃったな。

水樹さんに夢中になってしまい、ネトゲのフレンドとの約束時間を忘れていた。

『ごめん。すぐにインする』

返信してからパソコンの席に着き、【黒い平原】という圧倒的自由度を誇るMMOを起動する。リアルなグラフィックで楽しめるオープンワールドの本作は、戦いから日常系に至るまで、あらゆるロールプレイを楽しむことができる素晴らしいネットゲームだ。

俺のプレイヤー名は【カズ】。名前の由来は俺の本名にある。

本名は【綾小路和斗】。名前の頭二文字をとっただけである。

俺がインすると、早速リンからチャットが飛んできた。

『待ってたよ～。久々だね』

『久々か？　先週の日曜日も一緒にしただろ？』

『じゃあ一週間ぶりじゃん！　カズとゲームできる日をずっと楽しみにしていたんだか

ら！』

『そっか。俺も楽しみにしていたよ』

『そうなんだ！　でもね、私のほうが楽しみにしてたから！　これ、絶対！』

『なんの張り合いだよ……』

『うーん。強いて言うなら、夫婦による愛の張り合いかな！』

『なんじゃそりゃ』

相変わらずノリノリと言いますか、テンションが高いなぁ。

このリンという金髪エルフの姿をしたプレイヤーは、俺が中学二年の頃から仲良くしているネトゲのフレンドだ。

今の俺が高校二年生だから……実に四年目となる付き合いだな。

お互いリアルの情報は何も知らないが、ネット上の親友と呼べるんじゃないだろうか。

いや、ゲーム内とはいえ二年前に結婚をしているので親友以上かもしれない。

リンは素直な心で接してくれるし、俺もリンが傍(そば)に居るのは当たり前だと思っている。

なんなら彼女の居ないネトゲ生活は考えられないほどだ。

俺たちが出会ったキッカケは、強制的に他プレイヤーと組まされるダンジョンで一緒になったこと（注意：【黒い平原】はギスギスしたＭＭＯではない）。

まだ初心者の域を超えていなかったリンに、それなりにやり込んでいた俺がゲームの遊び方を教える関係から始まったのだ。今では対等な関係になっている。というか夫婦だ。

『今日は何する？　ちなみに私は釣りをしたい気分かな～』

『鉱山に行って採掘したい』

『今日は何する？　ちなみに私は釣りをしたい気分かな～』

『ボットですか、あなたは!?　俺の要求が通らないんですけどっ！』

『釣りに行くよ』

『もう強制じゃん！』

それなら『今日は何する？』とか聞いてくるなよ……。

と思いながらも不満は訴えない。挨拶代わりのじゃれ合いみたいなもの。

それはリンも理解している。

お互い現実世界での立場は何も知らないが、心は完全に許し合っていた。

「リアルのリンは、どんな人なんだろうな」

昔、それとなくリアルの話を振ってみたことがあった。

けれどリアルの話題はナシにしたいと言われたので、それ以上の追求はしないことにしている。

彼女曰く『リアルの情報が絡めば純粋な関係が崩れるから』だそうだ。

言いたいことは分かる。

極端な話だが、もしリンの正体がゴリゴリのヤクザだったら、俺は【黒い平原】をアンインストールした上でパソコンを破壊して徹底的に距離を取るだろう。

……まあ何でもいいさ。

リンが何者だろうと俺には関係ない（ヤクザじゃない限り）。

一緒にゲームをしていて楽しい。その事実が一番大切なのだから。

『ねえねえカズ。私の船で海に出ようよ』

『沈むから嫌だ』

『なんでそんなこと言うの!?　絶対に大丈夫だから！』

『そのセリフ三度目。そしていつも船の修理材料集めを手伝わされる』

『今度は大丈夫だから！　動画サイトで船の上手な操作方法を調べてきたから！』

画面内の可愛らしいエルフの格好をしたリンが、拳を握りしめたガッツポーズを見せてきた。ちょっと可愛らしいじゃないか。

『本当に頼むぞ？　船は修理するだけでも大変なんだからな』

『任せて！　今の私なら何でもできる気がする！』

謎の自信に満ちたリンに従い、小舟より少し大きいかなぁくらいの船に乗って海に出る。

陸から離れすぎると海賊船に襲われるから注意が必要だ。

途中で停船して釣りを開始する。

魚がかかるまでの間、フレンドとチャットするのが楽しいんだよなぁ。
『ねえカズ。まだ遅刻したことへの謝罪を聞いてないんだけど』
『ごめんなさい』
『なんで遅れたの？』
『アイドルのミュージックビデオを観てた』
『へぇ。カズってアイドルに興味があったんだ』
『まあな』
そう返すと数秒間の沈黙が続いた。
船から海に垂らした釣り糸を眺めながらボーッとする。
リンのほうも魚は釣れていない様子。
『そのアイドルの名前は？』
『リアルの話は禁止じゃないのか？』
『今回は別。教えて』
なんだか随分と食いついてくるな。魚ではなくリンが釣れたぞ。
『スター☆まいんずってグループだ。知ってる？』
『うん』
『俺、水樹凛香のファンなんだよ』

『そうなんだ』

『しかもクラスメイト。すごいだろ？』

ちょっと自慢げに言ってみる。すると返事が来なくなった。

一分、二分、三分……無言が続く。この沈黙はヤバいほうの沈黙だ。

しかもリンの釣り竿は揺れて魚が食いついた反応を示しているのに、リンは釣り上げる気配がない。放置しているのか？

え、このタイミングで？　唐突すぎる。

俺は何かマズイことを言ってしまったのだろうか。

水樹さんのクラスメイトだと自慢したのがいけなかったのかもしれない。

『ごめんリン。調子に乗って余計なことまで言っちゃった。気を悪くしたならごめん』

とりあえず謝罪。少しばかりマウスに手汗を染み込ませて返事を待つ。

リンの釣り竿から魚が逃げたタイミングで、ようやくチャットが返ってきた。

『私、水樹凛香』

……。

…………ん？

『はは。いきなり何を言い出すんだよ。さすがにウソだって分かるぞ』
『二年三組。担任は佐藤先生。私が座っている席は窓際から二番目の列、最前席』
淡々とテキストウィンドウに流れてきたのは、水樹凛香に関する情報だった。
……う、うそだろ。
全部当たっているんだけど！
いやでも水樹さん本人とは限らない。クラスメイトの誰かかも。
『カズは誰なの？』
どうしよう。言っちゃっていいのか？
でもリンがウソをつくとは思えない。
だとするとリン＝水樹さんになるわけだけど……。
『私のことが信じられない？』
そう問われてしまい、ちょっとした罪悪感で胸が痛くなった。
リンを信頼している証として、チャットを打ち込む。
『俺は、窓際列で一番後ろに座っている人だよ』
少しボカして答える。すぐにチャットが送られてきた。
『綾小路和斗くんね』
『……当たりだ』

これで水樹さんかはともかく、リンがクラスメイトである可能性は高くなった。

『ごめんなさい。もう落ちるわ』

『分かった』

船の上から姿を消すリン。ひょっとして相手が俺だと分かって失望したのか？

だとしたらショックだ。こうなるならリアルの話なんてするんじゃゃなかった。

いや、リンが昔言ってたじゃないか。

リアルの事情を持ち込めばネトゲの関係が歪になると。

その意味をもっと深く考えるべきだった。

「やっちゃったなぁ……」

リンと遊べなくなったらどうしよう。そんなの悲しすぎる。引きこもりになるぞ。

頭を抱えて己の浅はかさに後悔していると、スマホから通知音が鳴った。ゲーム用のチャットアプリからだ。送信者はリン。

内容は『明日の昼休み、一緒に食堂行きませんか？』というもの。

俺は緊張で震える指を懸命に動かし、『はい』と返信する。

これで本当に水樹さんだったらどうしよう。半端なくヤバい。

……いや冷静に考えてみろ。リンは、水樹さんじゃない。

だって、明るく無邪気なリンとクールキャラの水樹凜香は全然違う性格をしているじゃないか。

そうだ、偽物。偽物に違いない。

どうせクラスメイトの誰かが俺をからかっているんだ。

またリンからメッセージが送信されてきた。

タイトルは『本物だと証明します』。

タップしてメッセージを開くと、パソコン画面を背景にした水樹さんの自撮り写真が添付されていた。

試しにネットの画像検索にかけてみるもヒットはなし。

つまり電子の海から拾ってきた画像ではないということ。

「ま、まじか。これ、まじのやつか……っ！」

スマホを握る手が尋常ではない揺れ方を起こす。とても現実とは思えない。

「ネ、ネトゲの嫁が……人気アイドルだったなんて！」

☆

朝の教室。辺りは生徒たちの談笑で騒がしい。一人自分の席に座る俺は、未だに緊張していた。昨晩から心臓がドキドキしっぱなしである。

窓際の一番後ろに座る俺は、教室全体をグルリと見回した。

隣席同士で楽しげに会話する女子生徒や、運動部仲間で集まった男子生徒の集団……。

もちろん最前席に座る水樹さんの背中だってバッチリ見える。

「……」

おもむろにスマホを取り出し、ゲーム用のチャットアプリを起動する。

リン――水樹さんからのメッセージは来ていない。

俺からチャットを送りたいが、どういった内容を書けばいいのか思いつかなかった。

とにかく、何でもいいから彼女から反応が欲しい。

そう思いながら俺は机に肘をつき、ボーッと水樹さんの背中を眺める。彼女は周囲の喧騒を気にせず、背筋の伸びた綺麗な姿勢で本を読んでいた。

……どんな内容の本なんだろう。

水樹さんは海外の作家さんが執筆した小難しそうな本を好む気がする。

「……水樹さん」

後ろ姿を見ているだけで心が癒やされるなぁ。今でも水樹さんとゲームをしていたなんて信じられない。それも中学の頃からなんて……。

そんなことを思っていると、不意に水樹さんが振り返ってきた。目が合う。

「――っ」

ドクンッと心臓が跳ねた。突然の事態に体が固まってしまう。

すると次の瞬間、水樹さんが無表情のまま右手を小さく振ってきた。

俺も咄嗟に振り返す。

それで満足したのか、水樹さんは再び体を前に向けて読書を再開した。

「お、おぉ……！」

自分でも喩えようのない感動が胸の内から湧いてくる。

俺、あの人気アイドル水樹凛香と手を振り合っちゃったよ！

しかも目を合わせながら！

興奮が冷めないまま素早く周囲にいる生徒たちの様子を窺う。

誰も俺たち二人のやり取りに気がついていないようだ。

もし気づかれていたら、ちょっとした騒ぎが起きていたことだろう。

なんせ水樹さんは男嫌いという噂が立つくらいのアイドル。こんな冴えない男子と交流があるなんて知ったら誰もが仰天する。

「……本当にリンは水樹さんなのか」

昨日の時点で確定した事実を再度改める。

こんな奇跡って、あるんだな。

☆

四時間目の授業が終わり、昼休みを迎えた。

ざわざわと騒がしい教室内において、食堂へ向かう者と教室に残って弁当を広げる者の二組に分かれていく。俺は教室組なのだが、今回は珍しくも約束があった。

「うす綾小路。飯食おうぜ」

「やあ綾小路くん。今日もこの僕が来たよ」

俺が椅子から腰を上げようとしたとき、二人の男子生徒がやってきた。

ぽっちゃり体形の男子と賢そうなメガネ男子だ。

ぽっちゃりの方は【橘】で、メガネの方が【斎藤】。

普段は俺たち三人で休憩時間を過ごしている。馴染みのメンバーというやつだ。

そんな彼らに対し、俺は手を合わせて謝罪する。

「悪い。今日は約束があるんだ」

「は？　何言ってんだよ。俺ら以外に昼休みを過ごせる相手がいるのか？　いないだろ？」

「その言われ方はムカつくな。まあ事実なんだけども」

「綾小路くん、変なことを言って時間を無駄にしないでくれよ。僕の計算によると昼休みは40分しかない。早く食事を済ませて今月のラノベについて語り合おうじゃないか」

斎藤がメガネをクイッと上げながら言ってきた。

どうでもいいことだけど、昼休み40分は計算しなくても分かる。むしろ何を計算した？

「いや本当に約束があるんだ。俺行くから」

「ちょっと待てよ」

椅子から立ち上がり歩き出そうとした直後、腕を摑まれる。

なんだと思い振り返ると、そこに居た橘が小さい声で尋ねてきた。

「ひょっとして……女子じゃないよな？」

「……」

「おい綾小路？」

妙な迫力で凄まれたせいで口を閉ざしてしまった。

肥満体質で身長が低い橘ではあるけど意外と眼力が強い。

ネトゲ廃人でビビリの俺は少しばかり気圧されていた。

「待つんだ橘くん。僕の計算によると、綾小路くんに女の子の友達ができる確率は０・４％しかない。聞くまでもないよ」

「いや低すぎるだろ！　たかが女友達ですら絶望的なのか……！」

せめて10％は欲しい。俺が女友達を作るのに妥当な確率だろう。……それでも低くない？

「じゃあ約束って誰としたんだよ」

「……水樹さん」

身を縮める思いでポツリと呟く。

橘と斎藤は、互いに顔を見合わせてから愉快げに笑い出した。

「ぶあははは！　何を言い出すんだよ！　お前と水樹が昼を一緒に過ごすってか!?」

「まあ、その、うん。食堂に誘われてて……」

「そんなのありえるかよ！　妄想も大概にしろよ！」

「そうだよ綾小路くん。僕の計算によると、綾小路くんが水樹さんに誘われる確率は天文学的数値だよ」

「天文学的数値ってなんだよ。少し賢そうに言ってんじゃねえぞ」

馬鹿にするように盛大に笑われてイラッとした。ビンタしてやろうか。

「ははははっ！　笑わせてもらったぜ綾小路。お礼に俺様のピーマンを一切れやるよ」

「いらね。自分で食えよ」

「落ち着くんだ綾小路くん。僕からもナスを提供しよう」

「おぉマジで？　ありがとう――――って言うわけないよね？　嫌いな食べ物を押し付けてるだけじゃん、お前ら」

こいつらフザケやがって……！

でも信じられないのも無理はない。俺だって未だに現実感がないのだから。

「少しいいかしら？」

「えっ――――」

後ろから声をかけられ、振り返る。水樹さんだ。

人によっては冷血とも受け取りそうな無味な表情を浮かべて、俺の後ろに立っていた。

「和斗くん。私との約束、忘れてないわよね？」

「わ、忘れてないよ。今行こうと思っていたところ」

「そう、よかったわ。なら早く食堂に行きましょうか。グズグズしていると混んでしまうもの」

そう言い放った水樹さんは、俺たちに背中を向けて教室の出口に歩いていく。

さすがクール系アイドル。喋り方から歩き方まで堂々としていた。

「お、おいおい……。綾小路……？」

「そ、そんな……。僕の計算が……っ」

俺たちのやり取りを見ていた橘と斎藤が、金魚のように口をパクパクとさせていた。

「あ、あー。そういうことだから、俺……行くわ」

「綾小路！　どんな手品を使ったんだよ！　ネトゲ廃人のお前がアイドルと飯に行くなんてありえねえだろ！」

「僕の計算によると明日は隕石の雨が降るね」

「お前ら、あとで覚えておけよ……っ！」

散々な言われようだ。それとネトゲ廃人はやめてくれ。自覚はあるけど他人から言われると虚しくなる。

そして気がつけば彼らだけではなく、教室に残る一部の生徒からも注目を集めていた。

これはヤバい。多くの人に見られると緊張して手足が震えてくる。

目立つのが苦手な俺は、逃げるようにして水樹さんの後を追いかけるのだった。

☆

食堂に着いた俺と水樹さんはA定食を注文する。焼き魚を筆頭にした健康的なメニューだ。いつもは肉を好む俺だが、水樹さんの注文に合わせている。

隅のほうのテーブルが空いていたので、水樹さんと向かい合って腰を下ろした。

周囲から注目を集めると思っていたが、あまりそうでもない。

人が多く騒がしい食堂内では目立ちにくいのか。

あるいは生徒たちがアイドルの居る環境に慣れたのか。

たまに視線を感じることもあるが、騒ぎに繋がるほどでもなかった。

……少し敏感になりすぎていたかもな。

「それにしてもカズが和斗くんだったなんてね。驚きだわ」

「俺も驚いてるよ」

多分、水樹さんの百倍は驚いている。

何よりも当たり前のように名前で呼ばれてドキッとした。

ネトゲでの親密さを考えたら妥当かもしれない。結婚しているしな。

俺も軽い気持ちで凛香さんって呼んでみようか。

……。

絶対に無理だ。

そんな勇気が俺にあるなら、女友達を百人は作れている。

「和斗だからカズなのね。名前の付け方が安直すぎないかしら」

「水樹さんも人のこと言えないと思うんだけど。凛香だからリンなんでしょ？」

「そうね。……私たちって、やっぱり気が合うのかしら。同じような名前の付け方をするなんてね」

「か、かもね」

やべ、ドキッとした。

水樹さんに気が合うとか言われて心底嬉しい。

俺は箸で焼き魚をつっつき、身をほぐして口に運ぶ。……味が分からない。緊張しすぎて舌が馬鹿になっていた。

「あのカズとこうして食事をできるなんて夢のようだわ」

「そ、そう？　何かごめんな、俺みたいな奴がフレンドというか、結婚相手で」

「そんなに自分を卑下する必要はないわ。私はカズの正体が綾小路和斗くんで安心したから」

「安心？」

「ええ。予想以上に素敵な男子でよかった」

「……」

もう死んでいいですか？

絶対にお世辞だろうけど涙が出そうなくらい感動した。この人生に一片の悔いもなし！と思ったけど、まだネトゲをしていたい。欲張りな俺だった。

「結婚相手がクラスメイトって、どれくらいの確率なのかしら」

「隕石の雨が降るくらいの確率じゃないかな。ま、結婚と言ってもネット上でだけどね」

俺がそう言うと、水樹さんは静かに箸を置いて口を開く。

「和斗くん。ネット上だからと言って、現実に劣るということはないわ」

「え？」

「これは私の持論だけれど……外見や身分が分からないネットだからこそ、その人の心、性質が浮き彫りになると思うの」

「あ、あぁ、なるほど……？」

「私が今まで出会ったプレイヤーの中で、和斗くんが一番誠実で純粋だったわ」

「……そ、そうっすか」

　俺が誠実かはともかく、純粋な気持ちでネトゲを楽しんでいたのは間違いない。素直な心でリンに接していた。

「今だから言うけど……和斗くんは私の心の支えになっていたの」

「心の支え？」

　俺が聞くと、水樹さんは表情を柔らかくして頷く。

「ええ。アイドル活動が上手くいかなくて辛かった時期には、数え切れないほど励まされたものよ」

「あー。そういえば、そんなこともあったなぁ」

　とある時期になるとリンは辛そうにしていた。それはテキストチャットだけの交流でも分かるほどに。リアルで何か嫌なことがあったのかと、事情は尋ねないようにして、それとなくフォローしていたのだが……。

　まさかアイドル活動をしていたとは驚きだ。

「もしネトゲで和斗くんと出会えていなかったら、高校生になる前にアイドル引退していたわね」

「そんな大げさな」

「大げさじゃないわ。実際、私たちスター☆まいんずの人気が上がりだしたのは高一の始まり頃よ。それまでは本当に大変だったんだから」

売れだしてからも大変だけど、と水樹さんは言葉を足した。

公式サイトの情報によると、スター☆まいんずはメンバーたちが中学二年生の頃に結成されたらしい。

しかし結成して数ヶ月間は人気が低迷しており、一時期解散まで考えられていたとか。

その状況から今のような大人気アイドルグループにまで成長したんだもんなぁ。

ネトゲ廃人と呼ばれる自分には想像もつかないような苦労があったに違いない。

この俺が少しでも水樹さんの支えになっていたのなら、それは喜ばしいことだ。

「現実では下心を抱く人間が大勢寄ってくるし、ネットでも私の正体が女だと知れば態度を変える男プレイヤーが殆(ほとん)どだったの」

「それは苦労しそうだな」

一度も人からモテたことがない俺ではあるが、苦々しそうにして話す水樹さんを見て少しだけ共感する。

「そんな中でカズだけだったのよ。何があっても私に対する態度を一貫してくれていたのは……」

大切な思い出を慈しむように、水樹さんが懐かしげに微笑む。

ふとリンと出会った頃の記憶が蘇ってきた。

『リンです。初心者ですがよろしくおねがいします』

『はい、一緒に楽しく遊びましょう！』

一週間後。

『カズさん。今日も一緒にダンジョンに潜りませんか？』

『もちろん！』

『他にも色々と教えてくれると嬉しいです』

『分かった。じゃあダンジョンのあとは採掘に行こっか』

『ありがとうございます』

更に一ヶ月後。

『カズ。今日は何をする？　何でもいいよ～』
『う～ん。じゃあ今日は採掘しようか』
『うん！』

そして半年経過……。

『釣り行くよ！』
『え、今日は採掘したい』
『釣り行くよ！』
『あの』
『釣り行くよ！』
『ゴリ押しかよっ！』

…………。

変わったのはリンのほうじゃねえかっ！　どんどん図太くなってるよ！
「和斗くん。私の話を聞いてる？」

「え、ああ、もちろん」

大きく頷いてみせるも聞いていなかったのがバレたらしい。

水樹さんは不満げに唇を尖らせた。

「はぁ……まあいいわ。つまり私はネットとはいえ、誰とでも結婚するわけじゃないの。いえ、ネットだからこそ余計な情報に囚われない人の心が重要になってくると思うの」

「は、はぁ……」

「それとも和斗くんの考えは違うのかしら」

「いや、俺も同じだよ。ネトゲでも結婚は重要なイベントだよな」

一応話を合わせたが、ぶっちゃけネトゲ結婚に対する考え方は人それぞれだと思う。

結婚で授かる恩恵狙いなのも悪くないし、水樹さんのように特別な思いで結婚するのも素晴らしいと思う。

といっても【黒い平原】の結婚システムに、さほどの旨みはない。

記念衣装や称号が貰えるくらいか。

本当に仲の良い者同士が、より絆を深めるために結婚している感じだな。

「よかった。和斗くんも私と同じ考えなのね」

「あ、うん」

ホッと安心したように胸を撫で下ろす水樹さん。

……なんだろう、このざわついた感じは。

何かが決定的に彼女とズレている気がする。

俺は『ネトゲで結婚するほど水樹さんと仲が良い』と解釈している。

しかし水樹さんの場合、それとは方向性が違うような気が……？

「あ、凛ちゃんだ！　食堂に来るなんて珍しいねっ」

元気いっぱいの可愛らしい女子の声が、食堂内の騒音を割って耳に届く。

咄嗟に声がしたほうに顔を向け――ハッと息を呑んでしまうほどの美少女がそこに居た。

「あら奈々。今日も元気ね」

「まあね！　いっぱいご飯食べたから！」

少し長めのショートヘアをした彼女は奈々という名前らしい。活発そうな女子だ。

やたら整った可愛い顔立ちに、親しみやすい天真爛漫な笑顔。あらゆる意味で理想的な美少女と呼べるだろう。

――え、ちょっと待て！　まさかこの女子は……。

「あれ？　こっちの男の子は凛ちゃんの知り合い？」

「ええ。綾小路和斗くんよ」

「そっか、私は胡桃坂奈々といいます！　凛ちゃんと同じスター☆まいんずの一人です！　よろしくねっ」

そう屈託のない笑みで挨拶してきた彼女は――――胡桃坂奈々。

あの大人気アイドルグループ、スター☆まいんずのセンターで、水樹凛香と一番仲が良いと言われる元気系アイドルだった。

☆

「私、凛ちゃんが男の子と食事しているところなんて初めて見たよ～」

「そうね。私は基本的に男の人が嫌いだから」

胡桃坂さんは話を振り、自然な流れで水樹さんの隣に座った。

人気アイドル二人が一箇所に集まったことで注目度が一気に上昇する。周囲からヒソヒソと話し声が聞こえてきた。

目立つのが嫌な俺は体を小さくし、極限にまで気配を殺すことに集中する。

「綾小路くんのことは嫌いじゃないの？」

「嫌いじゃないわ……むしろ逆ね。彼とリアルで話すのはこれが初めてだけど、ネットでは長い付き合いになるもの」

「あっ、もしかしてこの人がカズくん⁉」

「そうよ」

「そうなんだ！　わぁー、生のカズくんとお話ができるなんて感激かも！」

瞳をキラキラとさせた胡桃坂さんが、まるで芸能人を前にしたような喜びっぷりを表現してくる。

……アイドルに喜ばれるネトゲ廃人ってなんだよ。普通に考えたら立場が逆だろう。

もっとも、緊張している今の俺に喜ぶ余裕なんてない。

しかし無口でいるのも辛いので、なけなしの勇気を振り絞り言葉を返す。

「俺を知っているんだな」

「うん。凛ちゃんから色々話を聞いてるよ。すごく魅力的な男の子なんだよね？」

「いや俺に聞かれましても……」

それで頷いたら、すげぇ痛い奴じゃん。

「奈々。あまり和斗くんを困らせないでちょうだい」

「えー？　もっとカズくんから話を聞きたいなぁ。ネットでの凛ちゃんが、どんな感じなのかすごく気になるっ！」

「そんなにリアルと変わらないわ」

いや全然違うだろっ！　なんなら性格が真反対だよ！

という心のツッコミが届くわけもなく、彼女たちは会話を続ける。

「いいなー。ネットゲームで結婚するくらい仲良しになれる男の子が居てさ」

「奈々も男子たちと喋るでしょ？」

「喋るけど本当に喋るだけだよ。友達になれるくらい仲の良い男の子は居ないかなぁ〜」

残念そうに言った胡桃坂さんがテーブルにベターッと上半身を倒した。

本人がその気になれば友達どころか逆ハーレムすら簡単に築けそうなもんだがな。

「私もカズくんみたいな友達が欲しいなぁ」

「難しいわね。リアルと同様、ネットでも変な人は沢山いるから」

実感の込められた言葉で会話を締めくくり、水樹さんは食事を再開する。

それを横で見ていた胡桃坂さんが俺に話しかけてきた。

「今、言うことか分からないけど……本当にありがとね、カズくん」

「なにが？」

「ずっと凛ちゃんを支えてくれたことだよ。今でこそ凛ちゃんは元気だけど、一時期はすごく心配になるくらい自分を追い詰めていたから……」

そうだったのか。いや昔を思い返せば、いくつか思い当たる節がある。

ネトゲをしていながら情緒不安定だった時期がリンにはあった。

「奈々。本人の前でそういう話をするのはやめて。……恥ずかしいから」

頬の上辺りを染めた水樹さんがボソッと呟いた。可愛いなぁ。

どうして女の子の赤面テレ顔は、これほど魅力があるんだろう。

いや、水樹さんだからこその魅力かもしれない。

普段は全く隙がないクールな女の子が、顔を赤くさせてテレる姿は万倍ものギャップを感じさせる。本気で可愛い。

「ねえねえ。今度私もゲームに参加していい？　あ、迷惑だったらいいけど」

「構わないわ。というより以前から誘っていたでしょう？」

「そ、それは……。ネットゲームって怖いイメージがあったから手が出せなくて……」

「大丈夫よ。確かにマナーを守らない不埒な輩はいるけど、皆が皆そうじゃないの。それに何かあっても私と和斗くんで守ってあげるから」

「ありがとう凛ちゃん！　えと、最初は何をしたらいい？」

「そうね。まずはパソコンから公式サイトを開いてゲームを――――」

淡々と説明する水樹さんに、フムフムと頷く胡桃坂さん。

まさかとは思うが、この三人でネトゲをするのか？

え、アイドル二人と俺一匹で？

どうしよう……想像しただけで泣きそうなくらい緊張してきた。

「ねえ凛ちゃん。口で言われても分かんないから、今度私の家に来て直接教えて」

「あれだけ喋った私の苦労は何だったのかしら。まあいいわ、そっちのほうが早いわね」

「あはは、ごめんね凛ちゃん。でも今から楽しみだなぁ。あのカズくんを交えて三人で遊べるなんて」

　あのカズくんって、どのカズくんだ。

　実際、どのような評価が二人の間でされているのか気になる。

　しかし尋ねる度胸はない。

　ていうか二人の会話に入ることすらできなかった。

　これぞボッチ気質の人間、三人になると口を挟めなくなる。

　しかも彼女たちは小学校時代からの友達らしく、水樹さんがアイドルになったのも胡桃坂さんに誘われたからだそうだ（公式サイトによる情報）。

　そんな二人の間に、ポッと出の俺が割って入れるわけがない。

「凛ちゃんとカズくんはネット上ですごく仲良しなんだよね？」

「ええ。仲良しという表現では不十分なくらい仲が良いわ」

「いいなぁ。それだったら現実でも仲良しになれるよね」

「ええ」

　満足げに頷く水樹さん。

　そして嬉しそうに頬を緩ませ、言葉を重ねた。

「――これからは、リアルでも一緒に居られるわね」

…………？

今のは、どういう意味だ？

首を傾げる思いの中、胡桃坂さんと目が合う。

彼女もまた頭の上にクエスチョンマークを浮かべていそうな様子だった。

そんな俺たちに気がつかない水樹さんは黙々と食事を進める。

一瞬にして沈黙が場を支配し、食堂内の喧騒を思い出した。

「あ、あー……私行くね。教室で友達が待っているから」

どこか気まずそうにして胡桃坂さんが立ち上がる。逃げる気ですか？

「そう。放課後また会いましょう」

「うん。今日のレッスンも頑張ろうねっ」

爽やかな笑顔を返した胡桃坂さんは食堂の出入り口に歩いていく。

途中で一度だけ振り返り、俺たちに軽く微笑みかけてから去って行った。

このときの俺は、その微笑みが何を意味するのか……。

見当もつかなかった。

☆

何だかんだと平和的に過ぎ去る一日。
放課後になるとクラスメイトたちは慌ただしく教室から出ていく。
部活に行くなり友達と遊びに行くなりで忙しいのだろう。
これといった用事のない俺はノンビリと自席に座っていた。
漠然とした気持ちで水樹さんの後ろ姿を眺める。
水樹さんは教室から出る際、俺に軽く手を振ってきた。
思わずニヤけてしまいそうになるのを我慢して手を振り返す。
その後の水樹さんは、廊下まで迎えに来ていた胡桃坂さんと共に去って行った。
詳しくは知らないけどアイドル活動に赴くのだろう。
歌と踊りの練習をしたり、何かしらの収録に励んだり……。
女子高生アイドルって、どんな一日を過ごすんだろうな。
今まで気にしていなかったことが気になってくる。
水樹さんについてもっと知りたい。
でもリアルの話題は嫌がってるしなぁ。
聞くのは我慢するか。
しばらく椅子に座ってボーッとしていた俺は、そろそろ帰るかと立ち上がる。

「綾小路くぅぅん……！　どこに行くのかなぁあ!?」

「僕の計算によると、僕たちから逃げられる確率は5％だよ」

「お前ら……っ」

橘が両腕を広げて通せんぼうしてきた。

斎藤に至っては俺のカバンを押さえてくる。こいつら、ガチだ。

「ま、まま、まさか、水樹凛香と……プライベートを過ごすってことは、ないだろうな!?」

「ないよ。ただ家に帰ってネトゲするだけだ」

「本当か!?　本当だろうな!?」

「もちろん」

血走った目をする橘が詰め寄ってきたので俺は大きく頷いてみせた。この人、普通に怖いんだけどどっ。

「まあまあ落ち着いて橘くん。綾小路くんも座りたまえ」

「いや家に帰りたいんだけど」

「座りたまえ。……僕のメガネが火を吹く前にねっ」

「……」

訳の分からない脅しに屈した俺は渋々腰を下ろした。本当に訳が分からん。

ちょっとメガネが火を吹くところを見てみたいと思うのは俺だけだろうか？

「さーて綾小路。洗いざらい全部喋ってもらうぜ」

「何を喋ったらいいんだ？」

「んもん決まってるだろ！　水樹と親しくなった経緯だよ！」

「あぁ……」

「しかも奈々ちゃんとまでおしゃべりしたんだってな！　この贅沢野郎！」

「贅沢なのはお前の体だろ。ちょっとは節約しろ」

俺は橘のたるんだ腹を見ながら言ってやる。

「んだとコノヤロウ！」

「ぶふっ！　今の返しは僕の計算によると百点満点だね！　……ぶふっ」

「斎藤まで……！　いや俺の体形はいいんだよ！　今は綾小路の話だ！　どうやって水樹と仲良くなった!?」

「そんなことよりも水樹さんは名字で呼ぶのに、胡桃坂さんは名前で呼ぶんだな」

「あー、イメージ的なやつ？　水樹はどうも名前で呼べるほどの気軽さがないっていうか……。奈々ちゃんは親近感があっていいよな。まじ彼女になってほしい」

「その感じは何となく分かる。じゃあ、そういうわけで……」

「お前、話の逸らし方が下手くそすぎるだろ。いいから話せって」

「んー……」

どうしたものか。

水樹さんがネトゲをしている。これって、世間に衝撃を与える情報じゃないか？

決してゲームを下に見るわけじゃないが、あの水樹さんには似合わないイメージだ。

なんならキャラ崩壊……までは言いすぎか。

だとしても大っぴらにしていいことではない。

「おい綾小路！　早く言わねえと、これからピーマンあげねえぞ！」

「俺、ピーマン好きじゃねえから。嫌いでもないけど、別に好きじゃねえから」

「分かった！　じゃあ千円やるから教えてくれ！」

手を合わせて拝んでくる橘と斎藤。必死すぎてドン引きだ……。

できれば無視したい。

しかし何も言わないでいると、かえって騒ぎ立てられるかもしれない。

俺はため息をつく思いで打ち明けることにする。

「……絶対誰にも言うなよ？」

「分かってるって！　俺たちは友達だろ？　絶対に約束は守る！」

「僕の計算によると、僕たちが約束を守る確率は２００％だ！」

「一気に嘘臭く（うそくさ）なったな……。俺と水樹さんはネトゲで知り合ったんだ」

「ほう。どういう経緯で？」

「経緯っていうか……。二年前にネトゲで結婚した相手が水樹さんだったんだよ」

「「ま、まじで!?」」

驚きのあまりハモる二人。まあ正常なリアクションだよな。

「おい斎藤！　ネトゲの嫁が人気アイドルの確率は何％だ!?」

「ぼ、僕の計算によると、30％くらいかな」

「結構高えじゃねえか！」

橘と斎藤がギャーギャー騒ぎ立てる。

教室に残っているクラスメイトたちが、なんだなんだと視線を向けてきた。

「おいお前ら、騒ぐなって。他の人に知られたらヤバいだろ」

「は？　なにがヤバいんだよ」

「水樹さんのイメージに関わるってば。それに多分だけど、水樹さんはネトゲ趣味が世間にバレたらネトゲをやめると思う」

確信はない。そういう話を本人から聞いたわけでもない。

長年一緒にやってきたフレンドとしての勘だった。

「……かもしれないね。僕の計算によると、水樹さんのネトゲ趣味が世間を騒がせる確率は99％だよ。それに多くの人がゲーム内の水樹さんに会おうとネトゲを始めるだろう。騒がしくなるのは間違いない」

計算というか予測だったが、かなり的確だと思う。

少なくとも水樹さんのメンタルに影響を及ぼすのは確実だろう。

「そういうわけだからさ、このことは誰にも言わないでくれるか？」

「「……」」

何を考えているのか、二人は口を閉ざしたまま何も言わない。

ちょっとした焦燥に駆られた俺は言葉を続ける。

「水樹さんの居場所を守ってやりたいんだ。きっとネトゲという世界は、彼女が周りの目を気にせず遊べる唯一の世界なんだと思う。頼む、誰にも言わないでくれ」

俺らしからぬ真面目さで訴える。

二人は互いに視線を交わし、そして俺の肩に手を置いてきた。

「綾小路……。なにも心配することはねえ。お前の気持ちは十分伝わってきた」

「橘……」

これが友情の力だというのか。

真摯に向き合ってくる橘が、こちらの目を真っ直ぐ見据えてきた。

「――――食わせてやるよ、俺のピーマンを」

「友達だけど言わせてもらうわ。しばくぞお前」

あれだけ真面目に喋（しゃべ）った友達に対して、よくボケられるよな。普通に殺意が湧いた。

「ははは！　冗談だっての綾小路！　水樹に関しては俺たちだけの秘密な！」

「……」

「いやマジでごめんって。普段大人しい綾小路に睨（にら）まれると怖いんだけど」

これでもかと殺意を込めた視線をぶつけてやる。橘は慌てて斎藤の後ろに隠れた。

「まあまあ綾小路くん。これが橘くんなんだから許してあげようよ。あ、もちろん僕も約束は守るから安心して」

「はぁ……分かったよ」

これ以上怒っても仕方ない。

それに彼らが約束を破る人間ではないことくらい理解している。

だから話す決断をしたのだ。

ケラケラと笑う二人にため息をついていると、スマホから通知音が鳴った。

スマホを取り出してメッセージを確認する。送信者はリンだった。

『今晩、ちょっとだけゲームしない？』と書かれていた。

「へえ……」

斎藤と橘が、にゅっと首を伸ばしてスマホを覗（のぞ）いてきた。

「な、なんだよ」

「僕たちも行っていい？」

「いいわけないだろ。ゲーム内での水樹さんは無邪気だけど人見知りというか……気を許した人以外には警戒心を剝き出しにするんだ」

俺以外の人と親しげにしている場面なんて一度も見たことがない。

水樹さんのネトゲにおける人間関係は、やや排他的とも言える。

「なんだか猫みたいな人だね……。ま、綾小路くんが言うなら仕方ない。僕たちは大人しくしてるよ」

「だな。つうか俺も久々にネトゲやろっかな。アイドルと結婚できるかもしれないしっ！」

空気を弛緩させて話し合う二人。これで水樹さんの一件は落ち着いたらしい。

彼らの会話に相槌を打ちながら、俺はリンに『いいよ。21時頃にはインしてる』と返信する。今晩が楽しみな一方で、抑えきれない緊張が胸を高鳴らせていた。

☆

「……もうじき約束の時間だなぁ」

21時まで、あと数分。

既にログインしていた俺はパソコン画面を見つめていた。

画面上に映っているのは、海辺で釣りをする戦士風の若い男。

俺の操るキャラクターだ。職業はウォーリア。

剣と盾を駆使して近接戦を行うナイスガイである。

しかし採掘スキルが異常に上がっているため、剣よりもツルハシが似合う男になっていた。そして今は釣りをしている。もはや炭鉱夫の休日だった。

「お、釣れた。……長靴かよ」

すぐさまインベントリから長靴を廃棄する。何の価値もないゴミだ。

気を取り直し、再び釣りを始める。

恐らく今日は釣りをしながらリンとチャットすることになるだろう。

基本、リンと平日に遊ぶことは少ない。遊ぶとしても二十~三十分が限界だろうか。

以前までは、リアルが忙しいんだなぁ、くらいにしか思っていなかった。

けど今なら休日にしか遊べなかった理由がよく分かる。

アイドル活動で忙しい水樹さんは、平日に残される自由時間が少ないのだ。

「……思ったより普通だな」

人気アイドルと今から遊ぶということに、もっと緊張するかと思っていた。しかし自分でも驚くほどリラックスしている。

「リン、まだかなぁ」

釣りをしながら待つこと数分。

画面下のチャット欄に『リンさんがログインしました』と表示された。

俺は早速チャットを送ることにする。

『おつかれ〜。今、釣りしてるよ』

『え、珍しいね！　カズが釣りをするなんて！』

おぉ、いつものリンだ。

彼女はどちらで来るのだろうと考えていたが、やはりリンのほうで来たか。

『今からそっちに行くね〜』

『分かった』

俺は海辺で釣りを続けて時間を潰す。

程なくして馬に跨ったリンが現れ、馬から降りると砂浜を歩いて俺の隣にやってきた。

当然ながら今までと同じ姿をしている。民族的な衣装を着た、やや肌の露出が多い金髪エルフだ。これが水樹さんの好みなんだろうか……？

『月曜日に誘ってくるの珍しいな』

『今日のことがあったからね。少しでもいいから一緒にやりたくなっちゃった』

『そうなんだ』

思わず頬を緩めてしまう。純粋に嬉しかった。

正体が水樹さんとか関係なく、平日の僅かな時間でもリンと遊べるのが嬉しい。

釣り竿を構えたリンが海に向かってルアーを投げる。

二人で肩を並べて釣りを始めた。この数年間、よく見てきた光景。お互いの正体を確認し合ったその日だろうと、何も変わらない光景が画面上に映し出されていた。

『実は学校にいる間、ずっと緊張していたんだよね～』

『緊張？　どうして？』

『そりゃカズの中の人と会えるんだと思ったら緊張くらいするよ～』

『全然そんな風に見えなかったけどな。朝の時間とか本を読んでたじゃん』

『そう見えないように振る舞っていただけ。本の内容も全く覚えてないの』

そうだったのか。緊張していたのは俺だけじゃなかったらしい。

『和斗くんと目が合ったときは、どうすればいいか分からなくて咄嗟に手を振っちゃったもん』

『あー、アレね』

『手を振り返してくれて嬉しかったなぁ。和斗くんは緊張していなかったの？』

『めっちゃしてた。朝、トイレに籠るくらいずっと緊張してた』

『それは緊張しすぎ笑。和斗くんは緊張しているようには見えなかったけどなぁ』

いやメッチャしてたけどね？

なんなら緊張という単語を地球上の誰よりも使った一日だったと思う。

『昼休みのときもね、和斗くんに話しかけようと思ったら少しだけ声が震えちゃってさ……。恥ずかしくて顔から火が出そうな思いだったよ』

『震えてたかな……？　普通だったと思うけど』

『ううん。絶対に震えてた』

そういえば、あのときの水樹さんは用件だけ言うとすぐに教室から出ていったよな。

クールな顔をしているものだから感情は分かりにくいけど、こうして内心を教えてもらうとすごく可愛らしく思えてくるものだ。

それからも俺たちは、今日の一日について楽しく話し合う。

会話は途切れることなく、スラスラとチャットが流れていった。

そして気がつくと……。

『あ、もうこんな時間だね』

あっという間に一時間が経過していた。現在の時刻は22時12分。

これまでのリンは必ず22時までにログアウトするようにしていた。

少しだけ超えてしまっている。

『もう落ちるよな？』

何気なく尋ねると、数秒かけて『うん』と短い二文字が返ってきた。

「……？」
よく分からない沈黙が続く。
俺から話しかけるべきか？　しばし悩んでいるとリンからチャットが来る。
『マイク付きのヘッドフォン持ってる？』
『持ってるけど、なんで？』
『たまにでいいからボイスチャットにしない？』
『いいよ。そうしよっか』
なるほど、もう正体を隠す必要がないから声でいいのか。
この提案を断る理由は見つからない。
『それと次の土曜日の夜、空いてる？　私と奈々の都合がつきそうなの』
『空いてる。意地でも空けておく』
『意地って笑。私、土曜日まではインできないけど我慢してね』
『それは残念だな。一人寂しく遊ぶことにするよ』
『あはは。じゃあ……おやすみ和斗くん。また明日、学校でね』
『うん、おやすみ。また明日』
画面からリンの姿が消失する。
チャット欄には『リンさんがログアウトしました』と表示された。

「……俺も落ちるかなぁ」

普段なら23時までネトゲをしているところ。

だが、この心地よい余韻に浸りながらベッドで横になりたい。

「今日はすごい一日だったよなぁ……」

これから、どうなっていくんだろう。

ベッドに倒れ込んだ俺は、寝る瞬間まで水樹さんとリンについて考えるのだった。

リンの正体が水樹さんと知った日から、早くも数日が経過していた。

気がつけば木曜日になっている。

明後日は胡桃坂さんを交えた三人でネトゲをする予定だ。

「おいおい綾小路。元気出せよ、な？」

「そうだよ。一度でも水樹さんと食堂に行けたことを神に感謝するべきだね」

「……別に落ち込んでないけどな」

和やかな雰囲気が教室に漂う昼休みのこと。俺は普段通り彼らと食事を共にしていた。

あの月曜日から校内で水樹さんと喋っていない。

というのも水樹さんと二人で食堂に行ったことがキッカケで、ちょっとした噂が校内に広がったのだ。胡桃坂さんも一緒に居たことで更に噂が加速したのかもしれない。

彼女たちのアイドル活動を考慮するなら、これ以上は人前で関わらないほうがいい。

結局、一緒に昼休みを過ごしたのは一回だけになってしまった。

「いただきます……んぐっごく……ごちそうさま」

俺はゆで卵を食し、手を合わせた。これが唯一の昼食である。

「毎度のことだけど……ゆで卵一個で足りてるのかい？」

「ああ、慣れた」

「慣れたらダメだと思うよ……。男子高校生のお昼が、ゆで卵一個だけなんてよくないね」

「斎藤の言う通りだぜ。親から金貰ってんだろ？　なんで飯買わねえんだよ」

「金を浮かしているんだ、課金するためにな（ニヤリ）」

「なんてあくどい笑み……。バカすぎる……ッ！」

「綾小路くんは常識人に見えるけど、ネトゲが絡むと人間をやめるよね」

　斎藤の言葉に、橘はウンウンと頷く。失礼な奴らだ。

「そういやよぉ。綾小路は水樹を名前で呼んでやらないのか？」

「い、いきなり何だよ。俺にそんな勇気があるわけないだろ？」

「でも水樹は綾小路のことを和斗くんって呼んでるんだろ？」

「まあ……うん」

　思えば最初から名前で呼ばれていた。

　水樹さんの性格によるものと考えていたけど……。

「あの水樹が男を名前で呼ぶなんて普通じゃないぞ」

「そうなのか？」

「おう。これは半年前に聞いた話なんだけどよ。とあるイケメン男子が、水樹に迫ろうとして名前を呼んだらしい」

「へえ、それで?」

「見向きもされず無視されたそうだ」

「……目に浮かぶ光景だな」

「だがイケメン男子は何を勘違いしたのか、水樹がテレているると思って、軽いノリで後ろから抱きついたんだ」

「そ、それで?」

「背負い投げで床に叩きつけられた……!」

「や、やべえ……!」

まあ聞いている限りだと男子のほうが悪い。

いきなり名前で呼んだ挙げ句に後ろから抱きつけば立派なセクハラだ。

「幸いにもイケメン男子は痣ができる程度で済んだが……水樹の男嫌いは相当なものだと証明された」

「男嫌いっつーか、正当防衛じゃね?」

「そんな水樹が綾小路を名前で呼んでいるんだぞ?」

俺の言葉を無視して橘が会話を続けてくる。

「……何が言いたいんだ」

「そりゃお前、アレだよアレ」

やけに含みたっぷりで言う橘。斎藤もニヤニヤする。

「僕の計算によると、水樹さんが綾小路くんに惚(ほ)れている確率は84%だね！」

「は、はぁ!?　な、なな、何言ってんだよ!?」

自信満々に告げてきた斎藤に驚き、俺は椅子から立ち上がって叫んでしまう。

必然、クラスメイトたちの視線が俺に集中した。

「……っ」

顔が沸騰しそうなくらい熱い。慌てて椅子に座り直す。

「ぶふっ！　綾小路くん焦りすぎでしょ」

「お、お前が変なことを言うからだろ！　あ、あの水樹さんが俺なんかに……！」

「いやいや、割とありえる話だと思うよ」

「ないってば。俺と水樹さんはネトゲのフレンド。それ以上でもそれ以下でもない」

「そうかな？　最近、それとなく水樹さんを観察していたんだけど、綾小路くんを気にしている節があったよ」

「ああ、この俺様も見ていたけど間違いねえ」

「……そ、そんな馬鹿な」

あの人気アイドル水樹凛香(りんか)が、ネトゲ廃人と呼ばれる俺に惚れている……？

とても信じられた話じゃないぞ。

「って、言ったらどうする？」

「ウソなのかよ！　ちょっと喜んじゃったじゃん！」

「いや普通に本当だけどね」

「何だよそれ……」

ヤバいな。斎藤に遊ばれてしまっている。

ひとまず深呼吸して平常心を取り戻そう。

「そんなに疑うなら水樹を名前で呼んでみりゃあいいじゃねえか」

「……もしそれで無視されたり投げられたりしたら、一生立ち直れないんだけど」

「おい斎藤。綾小路の名前呼びチャレンジが成功する確率は？」

「僕の計算によると、70％くらいかな」

「微妙に挑戦するのが怖い確率だなぁ。しかも惚れられてる確率より低いし」

斎藤の計算は相変わらず意味が分からん。

「ねね、君が綾小路和斗くんかな？」

「え――――？」

声をかけられ、横に顔を向ける。見慣れない女子生徒が立っていた。クラスメイトではない。しかし、制服の胸元に飾られた青色のリボンを見て、彼女が同学年であることは確認できた。

「ちょっと私に付き合ってくれないかなー？」

「お、おいおい……！　やっぱり綾小路にモテ期が……！」

「あ、そういうのじゃないから。それに私、彼氏いるし」

大げさに慄く橘に対して、さも当たり前のように言い放つ女子。

「別にいいけど用件を教えてくれないか？」

「あまり大きい声じゃ言えないんだけど、奈々ちゃんがお呼びなんだよねぇ」

「胡桃坂さんが？」

一体どんな用事なんだろう。ともかく胡桃坂さんが相手なら無下にはできない。

「じゃあ行こっかぁ」

「分かった」

俺が女子生徒の後に続こうとすると、橘と斎藤が目をかっ開いて顔に驚きを示した。

「う、うそだろ、水樹に続いて奈々ちゃんまで!?　お前、化け物かよ……っ！」

「ぼ、僕の計算によると、綾小路くんがモテ期の確率は……１００％！」

……何を言っているんだろう、この人たち。

背中に彼らの視線をヒシヒシと感じながら、俺は教室から出ていくのだった。

☆

胡桃坂さんは屋上前の踊り場で待っているそうだ。

俺は胡桃坂さんの友達を自称する女子に案内され、人気のない廊下を歩かされていた。

「そういえばお互いの名前を知らないよな。俺は――――」

「綾小路和斗、知ってるよ〜。私の名前は琴音。気軽に琴音様って呼んでねぇ」

「もろ上からじゃねえか、どこに気軽さがあるんだよ……。その、女子を名前で呼ぶのは恥ずかしいから名字を教えてくれないかな？」

「人に名前を尋ねるときは、まずは自分から名乗るものだよー」

「あぁそっか。俺は綾小路和斗――――って知ってんだろ？　俺の名乗りを遮ったの、お前だろうが……！」

飄々としながら意味不明な発言を連発してくる琴音さん。

この短いやり取りで俺の変人センサーがビンビンに反応してやがる。

「君のことは色々知ってるよー。綾小路和斗、17歳、ネトゲ廃人、友達は二人、A型、右利き、一人っ子、そしてオス」

「オスって言い方はやめろ。なんで俺のことをそんなに知っているんだ？」

「私は人気アイドル胡桃坂奈々の友達だからね〜」

「それ関係ないよね？　いい加減にしないとさすがの俺もキレるぞ」

ジト目で真顔という捉えどころのない表情をする琴音さんに、俺は翻弄されていた。

謎の情報源から生み出される軽いノリについていけない。

この琴音という女子は何者なんだろうか。

見た目は地味な雰囲気の女子なんだが……。

俺は首を傾げながら琴音さんの隣を歩く。

「ま、私はただの案内人だからね～。言ってしまえばモブキャラ。だから、あまり詳しいことは言えないし自己主張もできないのさ～」

「ふぅん」

「つまり今から私が言うことはただの独り言……。奈々は見た通りに胸が大きいけど脱げばもっとすごいよ。お尻も流麗な線を描く芸術的な素晴らしさがあるからね～。とはいえ水樹凛香も負けてないよ。奈々に比べると胸は小さめだけど着痩せするタイプと見たねぇ。脚も綺麗だし奈々とは別の魅力があるよ～。そんな二人のスリーサイズは――おぉっと、これ以上はトップシークレット。公式サイトですら載ってない情報なのさ～。もっと聞きたいならお金を払ってねー」

「今から警察に通報していいかな、琴音さん。なんか犯罪に手を染めていそうだしさ」

流暢に喋る琴音さんに俺は呆れ返る。

どこがモブキャラなんだよ。確実にキャラの立ち位置を作りに来てるじゃん。

「ところで綾小路和斗。君が奈々に呼ばれた理由は分かるかい？」

「水樹さんのことだと思う」

考えてみるが、それしかない。

「この間の食堂の一件、噂になってるからね～。あの男嫌いとまで言われている水樹凛香が、ネトゲ廃人綾小路和斗と二人で食堂に来る……こりゃ立派な事件だよ」

「そうだな。だから今は距離を置いてる」

「君さ、どうやって水樹凛香に近づいたの？　脅迫？　脅し？　どんな弱みを握ったの？」

「鬼畜か俺は？　そんなことしないってば。……まあ色々あったんだよ」

「なにそれ意味深な感じ～。その情報、高く買うよ？」

「売らないって。あまり俺を舐めるなよ？」

金ごときで揺らぐほど軟弱な心は持ち合わせていない。

「ひとまず百万でどうかな？」

「ふぁっ!?」

簡単に揺らいだ。

「安心して。世間には公表しないから～。ただ私が知りたいだけー」

「そんなこと言われてもな……。つーか普通の高校生に百万も出せないだろ」

「ん？　誰が琴音ちゃんは普通の高校生だと言ったのかなぁ？」

「えっ、まさか……っ」

「うん。普通のＪＫなんだけどね～」

「もう君とは何も喋らない。絶対にな……！」

これほど女子に会話で振り回されたのは初めてだ。

と思ったけど、今まで女子と会話をしたことがないだけだった。

女子と昼飯を共にしたのは水樹さんとの一件が初めてだし、女子と会話しながら廊下を歩くのも今回が初めてだった。というより挨拶すら女子としたことがなかった。

共学に通いながら俺は何をしているのだろうか………。

「綾小路和斗。これを使いな～」

「え？」

フッと優しげな微笑を浮かべる琴音さんが桜色のハンカチを手渡してきた。

「私のハンカチがサハラ砂漠のように乾いている。その綺麗な涙で潤わせてほしいかな～」

言われて気がつく。俺の両目には涙が溜まっていた。

これまでの人生を振り返り、どこまでも女子と無縁だったことに気づいてしまったのだ！

「琴音さん……いや、琴音様！」

ありがたくハンカチを受け取り、涙を拭き取る。

そして、もう一つの事実に気がつく。

女子に優しくされたのも、これが初めてだった。

涙が止まらない。

☆

琴音さんに連れられ、屋上前の踊り場にやってくる。

ここなら人気はないので誰かに噂されることもないだろう。

「あ、カズくんだ！　久しぶり！」

こちらに気がついた胡桃坂さんが、階段の低い位置からピョンッと飛び降りた。

その際にスカートがふわりと舞い上がり――――俺は素早く顔を背けた。

「ん？　どうしたのカズくん？」

「な、なんでもないっす」

「そっか。わざわざ来てくれてありがとね、カズくん！」

嬉しそうに顔を綻ばせた胡桃坂さんが、俺の両手を握りしめてきた。柔らかい……っ。

「これで私の役目は終わりかな～」

「うんっ、ありがとね琴音ちゃん！」

胡桃坂さんにお礼を言われた琴音さんは立ち去ろうとする。

その寸前、琴音さんは胡桃坂さんのほうを振り返った。

「綾小路和斗は誠実で優しい男子かもね～」

「うん知ってるよ？」

当たり前と言わんばかりの反応をする胡桃坂さん。謎の信頼感。

そして未だに俺の手を握ったままである……！

「んー、なるほどねぇ」

琴音さんが値踏みするかのような視線を俺に向けてくる。居心地が悪い。

しばらくして何かに納得したらしく、琴音さんはウンウンと満足げに頷いてから階段を降りて姿を消した。

「な、なんだったんだ？」

「なんだろうね。琴音ちゃんは理由もなく意味深な言動をするから、あまり気にしなくていいかも」

よく分からないけど胡桃坂さんがそう言うなら忘れよう。……それはそれとして。

「えーと、胡桃坂さん……？」

未だに握りしめられた両手を見下ろし、俺は困惑アピールをしてみせる。

「あっ、ごめんね！　つい……」

頬をポッと赤らめて一歩下がる胡桃坂さん。

多分だけど俺も似たような表情になっているだろう。

「……それで、胡桃坂さんの用事ってなに？」

「あ、うん。えとね……カズくんに頼み事があるの」

「頼み事？」

なんだろ。ネトゲ廃人の俺がアイドルのお願いを叶えられるとは思えない。

もし握手券付きのＣＤを百枚買えとか言われたらどうしよう……。

「凛ちゃんと……もっと仲良くなってください！」

そう言った胡桃坂さんは、シュバッと勢いよく頭を下げた。

「仲良くって……。俺と水樹さんは、ネトゲのフレンドにしては結構仲が良いと思うんだけど」

「そうじゃないの。ゲーム友達としてではなくて、もっとリアルで歩み寄ってほしいの」

「そんなこと言われてもな……」

俺もできることなら日常的に水樹さんと会話をしたい。けど、それはマズイだろ。

「もちろん私たちはアイドルだから、特定の男の子と親しげにしていると、ちょーっとだけ騒がれちゃうんだけど……」

「ちょっとじゃ済まないと思うけどな。だから俺と水樹さんは話し合って、学校では話さないように決めたんだ」

「なるほどね。だから最近の凛ちゃんは、楽しそうだけど寂しそうでもあるんだね」

「……？」

楽しそうで寂しそう？　よく分からない表現だな。

「カズくんのほうから凛ちゃんに歩み寄ってあげられないかな？　そうしたら凛ちゃんはすごく喜ぶと思うの」

「人前で喋っていたら、学校や世間で噂にならないか？」

「それなら……皆にはバレないように、内緒で仲良くしようよ！」

「えぇ……」

名案とばかりに目を輝かせる胡桃坂さん。

こちらとしては謎の猛プッシュされて戸惑いを隠しきれない。

「それともカズくんは凛ちゃんのことが嫌いなの？」

「いやそんなことはないけど……」

「お願いします！　凛ちゃんと仲良くしてください！」

胡桃坂さんが必死に頼み込んでくる。

そんな彼女を見て、俺は素朴な疑問をぶつけることにした。

「……どうして胡桃坂さんは俺と水樹さんに仲良くなってほしいんだ？」

アイドルという立場からしたらリスクが高いだろう。

なんなら手切れ金を俺に渡して『凛ちゃんに近づくな！』くらいは言ってもいいんじゃないか？

大げさな発想だろうけど、アイドルと男の問題はそれくらい敏感に扱っていいと思う。

このご時世だと、とくに。

「そ、それはその——……。私のほうからは言えないといいますか、言っちゃいけないといいますか……」

ばつが悪そうに俺から視線を逸らし、胡桃坂さんは両手の指を合わせてモジモジさせた。

「ひょっとして水樹さんに何か頼まれたとか？」

「違うよ！　凛ちゃんは何も言ってない！　私が勝手にしてるだけだから！」

「あ、そうなんだ……」

すごい勢いで否定された。少し焦る。

「私ね、凛ちゃんにもっと幸せになってほしいの。今まで大変なことが沢山あったから」

女子高生アイドルとしての意味じゃない。

もっと別の意味で大変という言葉を使っている気がした。

「凛ちゃんにはね、アイドルとしても、一人の女の子としても幸せになってほしいの。どちらか一方を諦めてほしくないって思う」

「なるほど……」

事情は全く分からない。しかし胡桃坂さんの真剣さは痛いほど伝わってきた。

「凛ちゃんとリアルでも仲良くしてくれる？」

「まあ、うん……。俺も水樹さんと今以上に仲良くなれたらな、って思ってるし……」

「ほんとうに？　よかったぁ」

胡桃坂さんが安堵のため息を漏らす。

本気で水樹さんのことを大切に思っているんだな。

「それで仲良くなるって、俺は具体的にどうしたらいいんだ？」

「えーと……。まずは呼び方を変えてみるとかかな？」

「呼び方？」

「うん。実は凛ちゃんね、カズくんから他人行儀に呼ばれるのが嫌みたいなの」

「え？　そうなの？」

「うん。だからカズくんも凛香って呼んであげて」

「マジで？　ちょっと、それは……」

めちゃめちゃハードル高いですやん。

橘と斎藤にも言ったが、俺にそんな勇気は微塵も存在しない。

「やっぱり緊張する？」

「うん。する」

しないわけがない。考えただけでも心臓がバクバクだ。

「なら次の土曜日がチャンスだね。最初はゲームの世界から名前呼びを始めて、それからリアルでも慣れていけばいいんじゃないかな」

「慣れるかなぁ……？」

リンと呼ぶのと、凛香と呼ぶのでは大違いだ。意味合いが変わってくる。

「私がそれとなくフォローするから、頑張って凛ちゃんを名前で呼んであげて！」

「……分かった」

積極的な胡桃坂さんに、俺は押し切られる形で頷いてしまう。

このゴリ押しの姿勢は水樹さんに似ているな。

「ありがとうカズくん！　さすがだね！」

「胡桃坂さんって、思ったより我が強いな……」

俺に要求されたのは、水樹さんとリアルで仲の良い友達になること。

ネトゲという共通の趣味があることだし、さほど難しくないと信じたい。

「というわけでカズくん。私と連絡先を交換してくださいっ」

「え、いいのか？」

「もちろんだよ！　凛ちゃんとカズくんをくっつけ――――じゃなくて、二人が仲良くなるための作戦を話し合う必要があるでしょ？　お互いの連絡先を知っていたほうが便利だと思うの。この作戦のこと、凛ちゃんに知られるわけにいかないし」

「そうだな……」

この密会を水樹さんに知られたら、何を考えているのか怪しまれるかもしれない。胡桃坂さんの立場を守るためにも内緒にする必要がある。

「じゃあ交換しよっ」

促されたのでスマホを取り出す。何事もなく連絡先の交換を終えた。

「よし、これでオッケーだね！」

これで俺のスマホには人気アイドル二人の連絡先が登録されたことになる。

……このスマホ、世界で一番価値があるかもしれない。

「凛ちゃんとカズくんの仲良し大作戦、決行だよ！」

「……お、おお？」

なんだろうな、これ。外堀を埋められているような感覚だ。

俺が何かを考える前に、無理やり事を進められた気がする。

ただ、今よりも水樹さんと仲良くなれるなら嬉しい。

問題は周囲にバレることだが……。

幸い、俺たちにはリアルから切り離された共通の世界が存在する。

よほどのヘマをしない限り大丈夫だろう。

☆

その日の夕方。家でネトゲをしていると水樹さんから電話がかかってきた。

「……？」

電話とは珍しいなと思いつつ、採掘を中断してスマホを取る。

「もしもし、和斗（かずと）くん？　いきなり電話をしてごめんなさい」

「いや、構わないよ」

スマホからは水樹さんの声とは別に、慌ただしい女子たちの声がうっすらと聞こえてきた。声質的にアイドルっぽい。

水樹さんはレッスンの休憩中に電話をかけてきたのか？

「もうすぐ休憩が終わるから、あまり長く話せないのだけれど……。どうしても和斗くんに尋ねたいことが一つだけあったの」

「なに？」

特に深く考えず尋ねる。

……それが間違いだった。

水樹さんは、いつもの冷たさとは違う、低い声音で質問をしてきた。


「今日の昼休み、あの女と何をしていたの？」


声を聞いた瞬間、ゾクッと背筋に寒気が走る。

これを直感というのだろうか。

答えを間違えれば己の生命に直結する気がした。

「えー……あ、あの女って？」

「昼休み、見慣れない女子生徒が教室に来て、和斗くんを呼び出していたでしょう？　私、見ていたわよ……この目で」

「――――ッ！」

あの女――琴音さんのことか！

よく分からないが、何かを勘違いされている……！

スマホを握りしめたまま黙り込んでいると、水樹さんは冷めきった声を発する。

「もちろん私は和斗くんを信頼しているわ。ええ、信頼している。和斗くんのような誠実な男の子に疑惑を抱く余地なんてない」

「は、はぁ……？」

「だから、これは私の心の弱さが生んだ疑惑。和斗くんには申し訳ないのだけれど、念の為に確認させてくれないかしら」


——あの女と、何をしていたの？


水樹さんの重く冷徹な一言が、俺の鼓膜を突き破って脳みそを揺るがしてきた。

これはヤバい。何に対しての疑惑なのかは不明。

しかし、これはヤバいことになったと思う。

男としての本能が警笛をピーッと激しく鳴らしていた。

「和斗くん？　なぜ黙っているの？」

「えと、その……」

実は琴音さんの案内で胡桃坂さんと会っていたんだ。

え、何を話したかって？

水樹さんと俺の仲良し大作戦についてだよ！

……なんて言えるわけがない。

下手したら、胡桃坂さんと水樹さんの間に亀裂が走る。

俺のせいで彼女たちが不仲になるのは避けたい。

「和斗くん。もしあなたが私を裏切っていたのだとしたら、法的措置をとらせてもらうわよ」

「ほ、法的措置って、なに？　え、これ、どういう話だっけ？」

まるで浮気疑惑をかけられている旦那になった気分だ。

「説明してちょうだい。今ならまだ間に合うわ」

ま、まったくもって意味が分からん！

水樹さんは、俺と琴音さんが何をしていたのか知りたいだけなんだろ？

たったそれだけの話なのに、疑惑とか裏切りとか法的措置とか……。

一体どういうことなんだよ!?

「凛香ー。練習再開するよー」

遠い声がスマホから聞こえてくる。この声には聞き覚えがあった。スター☆まいんずのメンバーの一人だ。

「分かったわ、すぐに行く。……和斗くん、話の続きは今晩にしましょう」

「いや、あの、ちょっと」

ピロロン♪　容赦なく電話が切られた……。

「なんだこれなんだこれ。どういう状況なんだ……？」

何一つとして意味が分からない。

誰か俺に状況を説明してくれ！

「どうしよう、混乱してきたぞ……！」

こういうときは友達に頼ろう。俺はスマホのチャットアプリを起動する。橘、斎藤、俺の三人で作られたトークルームに入室した。

『ちょっと話を聞いてくれ。さっき水樹さんから電話がきた』

数分後、スマホから二回通知音が鳴った。さっそく確認する。

『自慢かよ、ピーマン食わせるぞ』

『僕の計算によると、自慢の確率は1億％だね』

あまりにも適当で無情すぎる返信。……これは酷い。

『そうじゃないってば！　内容は詳しく言えないんだけど、昼休みのことをメチャクチャ怖い雰囲気で聞かれたんだ！』

『そうかよ。つうか俺らも昼休みに何があったのか教えてもらってないんだけど？』

『すまん！　それは言えない！』

学校で彼らに何度も聞かれたが、胡桃坂さんの立場を考えて何も言わなかった。

あと純粋に仲良し大作戦を言うのが恥ずかしかった。

『綾小路くん。伏せられた情報が多すぎて、僕たちには何も分からないよ』
斎藤に言われて気がつく。確かにその通りだ。
納得した俺は他言無用の約束を取り付けて、水樹さんとの会話を簡単に教える。
すると橘からデフォルメされた可愛らしい死神スタンプとチャットが送られてきた。
『綾小路。ヤンデレにバッドエンドはつきものだぜ？』
『俺に刺されろというのか!?　それに水樹さんはヤンデレじゃないだろ！』
『僕の計算によると、水樹さんがヤンデレの確率は１２０％だね』
と、斎藤がメガネのスタンプと共に送ってきた。
……なんだ、このスタンプ。まじで普通のメガネなんだけど。何の面白みもない。
『もし水樹さんがヤンデレだとしたら、俺に惚れてることになるじゃん』
『そうだろ』
『そうでしょ』
すぐさま二人が同時に肯定してきた。返信の速さに面食らう。
『……いやぁ、ないでしょ』
『普通に考えたらよー、水樹は嫉妬してんじゃねえの？』
あの人気アイドルの水樹凛香が嫉妬……？　そんな馬鹿な。
『絶対とは言えないけどよ、水樹が綾小路を意識してるのは間違いないぜ』

『そうだね。綾小路くんを見るときの水樹さんの目は特別だよ』

ここまで二人に言われても俺は素直に信じることができなかった。

意地になっているわけじゃない。

俺にとって水樹凛香とは人々に夢と希望を与える素晴らしい存在。

凡人の俺からすれば星を見上げて手を振るようなもの。

ネトゲ廃人と人気アイドル……。

どう考えても不釣り合いだろう。

そんなことを考えていると、斎藤が珍しく真面目な長文を送ってきた。

『あとは綾小路くんが水樹さんとどうなりたいか、だよ。君がこのままの関係を望むなら何もアクションは起こさなくていいし、彼女の思いに応えたいのなら、そっと綾小路くんのペースで歩み寄ればいい。どちらを選択しても綾小路くんが真剣に考えた結果なら僕たちは尊重するよ』

「斎藤……っ」

お前、めちゃくちゃ良い奴じゃん……！

なんかウルッときたんだけど！

変な計算をするから忘れがちだけど、斎藤は友達思いで優しい男なんだ！

『ちなみに僕の計算によると、綾小路くんと水樹さんの関係が上手くいく確率は……

0・12%だね！』

「おいぃいいい！　過去最低の確率じゃん！」

全てをぶち壊された気分だ。さっきの感動と敬意を返せ。

『つうわけだ綾小路。水樹と上手くやれよ。そして他のアイドルを俺たちに紹介してくれ！』

『それ良いね！　僕からもよろしく頼むよ綾小路くん！』

「……」

俺は返事をすることなく、無言でアプリを落とした。

彼らに相談したのは人生最大の過ちかもしれない。

椅子に座りながらスマホをベッドに放り投げる。息を吐きながら天井を仰いだ。

「はぁ……。すげぇドキドキする」

水樹さんは俺のことが好きかもしれない。

そんなわけがないのに、もしかしたらという考えが胸を高鳴らせた。

「つうか、今晩の解決策が見つかってねえしぃぃ……！」

今は目先の問題に取り組むべきか。

このままでは土曜日の仲良し大作戦どころではない。

今晩に備えて、俺は水樹さんとの会話をイメージ（妄想とも言う）するのだった。

☆

21時24分。そろそろ水樹さんから電話がかかってくる時間だ。

「……」

俺は何かに取り憑かれたように、この狭い自室内をグルグルと歩き回る。

胡桃坂さんとの一件を伏せた上で、水樹さんを納得させる方法なんてあるのだろうか。

そもそも水樹さんにウソをつきたくない。

こんなことになるなら胡桃坂さんの話を断っておけばよかった。

まあ誰もこんな展開は予想できなかっただろうけど……。

「俺、なんでこんなに焦っているんだ……？」

自分でもよく分からない。水樹さんには変な解釈をされたくないと思っている。

俺が落ち着きなく部屋内をウロウロしていると、ずっと握りしめていたスマホが鳴った。

電話だ。水樹さんだ。

僅かな逡巡の後、着信のボタンをタップして電話を繋いだ。

「こんばんは和斗くん」

「こ、こんばんは……」

いつもと変わらない水樹さんの声だった。

物音一つしない静かな自室で会話に集中する。

「今日のことだけれど……キツイ言い方をしてごめんなさい」

「え、いや……」

いきなり謝られて驚く。予想外だ。

「どうしても和斗くんの行動が気になってしまうの。誰とどこで何をしているのか……。もちろん和斗くんを信じているのだけれど、この不安はどうしても拭えない。分かるかしら？」

「えーと、多分？」

ぶっちゃけ分かりません。

「和斗くんは素敵な男の子だから、多くの女性に言い寄られるのは理解している。だからこそ不安になってしまうの」

「不安？」

「ええ。私以外の女性に走っちゃうんじゃないか、てね」

私以外の女性に走る？

まるで俺と水樹さんが付き合ってるみたいな喋り方をするんだな。

「分かってるの。和斗くんはモテるでしょうから色んな女性に言い寄られるのよね」

「いやいや、全然モテませんから！　なんなら女子生徒と話したこと今までなかったから！」

　自分で言っていて悲しくなった。

　人生を振り返ってみると、女子の連絡先を手に入れたのは水樹さんが初めてだった。

　二番目は胡桃坂さんである。……これはこれで結構すごくないか？

「本当に？　にわかに信じられないわね。和斗くんがモテないなんて異常事態よ」

「普通のことなんだよなぁ。俺、ただのネトゲ廃人だし……」

「そういうことね。なら仕方ないかもしれないわ」

「仕方ない？」

「ええ。今の時代は生きる上で余計な情報が多すぎるもの。インターネットが普及したり、世の中のルールが増えたりしたせいもあるのかしら。アイドルをしている私が言うのはおかしいけど、自然体に振る舞う人間よりも、自分を着飾って魅力をアピールする人間のほうが認められるものなのよ……人間社会というのはね」

「それは……何となく理解できるかも」

　学校生活を送っていても実感することだ。

　例えばの話、自然体で過ごそうと大人しくした結果、ボッチだとか根暗な奴とか……そういうレッテルをクラスメイトから貼られてしまうことがある。

昔からかもしれないが、今の時代において大人しい人間は、陽気な人間よりも劣るとされる風潮がある。だからこそ無理して陽気な振る舞いをする若者が出てくるし、場合によっては心に傷を負ってしまうのだ。

そう考えると水樹さんの言う通り、ネトゲの世界はリアルよりも真剣に、そして自然体で生きられる世界なのかもしれない。

「とくに女子高生アイドルをしていると思うの。いかに人間が欲望にまみれた生き物なのかというのを……」

「……」

相槌すら打てなかった。俺には想像もできない苦労をその綺麗な声から感じたからだ。

「もちろん悪い人間がいれば良い人間もいる……。そして和斗くんは良い人間の中でも、とくに素敵な男の子よ」

「よく断言できるよな。俺たちはリアルで交流して、まだ一週間も経ってないのに」

「ネットでは四年近くも一緒に居たわ。余計な情報に囚われない、お互いの心を丸裸にした純粋な付き合いをね」

「……」

ぐっと感情の波が胸に押し寄せる。

俺とのネトゲ生活を大切にしている気持ちが伝わってきた。

やはりリンの言動は嘘ではなかったのだ。

「それに私と和斗くんは結婚までしているの。私以外の女と気軽に会話するのは、やめてほしいわ」

「……ネトゲでの話だろ」

「ええ、そうよ。不純な情報の混じらない世界で結婚したのだから、私たちはリアルで結婚した人たちよりも素晴らしい夫婦ね」

…………ん？

「話がズレてしまったわね、本題に戻りましょうか。あの女と何をしていたのかしら」

「いやちょっと待ってくれ。なんか本題よりも重大なことを聞いた気がする」

「何を言っているの？　夫婦間において浮気よりも問題視することが他にあるかしら？」

「はい、おかしい！　え、夫婦間ってなんですか？　ただのネトゲフレンドですよね、俺たちは」

「そうよ。私たちはネトゲでのフレンドであり、そして結婚したのだから夫婦でもあるわね」

「あ、うん。正しい、正しいね。でもリアルでは違うよね？」

これまでの違和感が急速に膨れ上がっていく。

唾をゴクッと飲み込み、俺は水樹さんの言葉を待った。

「和斗くん」

「……はい」

「私、言ったわよね？　ネトゲとはいえ、誰とでも結婚するわけじゃないと」

「言いましたね」

「私は、リアルの情報が関わってこないネトゲだからこそ、本当の心の付き合いができると思っているの」

「うん。俺も否定しない」

「そんな世界で結婚したのよ？」

――――リアルでも、私は和斗くんのお嫁さんでしょう？

「……」

衝撃的すぎて何も発せなかった。

自室の中央で呆然と立ち尽くし、スマホを握りしめた状態で俺は凍りついた。

斎藤たちは断言していた。水樹さんは俺のことが好きだと。

しかし、現実は違った。

否。

現実を余裕で超えてきた!!

彼女は……。

水樹凛香というアイドルは――現実でも嫁のつもりでいたのだ！

「どうしたの和斗くん？　私は何かおかしなことを言ったかしら？」

「……あ、あの……結婚は、ちょっと……」

俺には荷が重すぎる。

ちょっと考えてみてほしい。超絶人気アイドルと平凡ネトゲ廃人だぞ。月とスッポン程度の表現では足りないレベルだ。

「結婚が、なに？　今さら間違いとか言わないわよね？」

「……言ったら、どうしますか？」

「死ぬしかないわね」

「えっ！」

「和斗くんと一緒に」

「ふぁっ!?」

まさかの心中もとい道連れですか、人気アイドル様！

「和斗くんを失った人生なんて考えられないわね。リアルで知り合ってからというもの、より一層和斗くんに対する愛が強まっていくのが自分でも分かるの」

「あ、愛……ですか……」

嬉しいや恥ずかしいという感情を通り越して驚愕している。

愛なんて言葉、ネトゲ廃人の俺には現実離れしているように感じられた。

「正直に教えて和斗くん。浮気してしまったのなら仕方ないことよ。私は最初から和斗くんみたいな魅力的な男の子を独り占めできるなんて思っていないもの。本当はすごく悲しいし嫌だけど……多少の浮気は見逃してあげてもいい」

「ちょちょ、話を一人で進めないでもらえますか!?　俺、何一つとして話についていけてないから！」

話の一時中断を求め、強めにツッコミを入れた。

しかし水樹さんは、綺麗な声を儚げに変えて喋り続ける。

「そう、そういうことね」

「……何が？」

「私、聞いたことがあるの。モテる男はとぼけるのが上手って」

「違うってば！　マジで理解が追いついていないんだよ！」

「いいのよ和斗くん。あなたが私を捨てないで傍に置いてくれるのなら……。他に多くは望まないことにする」

「水樹さん!?　なんかブレーキが外れてませんか!?」

どんどん話がヤバい方向に突き進んでいる気がする。

ブレーキが壊れたとか、そういう次元じゃない。

電車が線路を飛び出し、街中で爆走しているようなものだ。

「和斗くん、これだけは覚えておいて。あなたの本妻は……私よ」

「ちょ、水樹さ――」

ピロロン♪

……電話を切られた。

激甚怒濤のごとく次々と放たれた水樹さんの言葉が、頭の中をグルグルと回り続ける。

「は、はは……。なんじゃ、こりゃ」

分かったことは、ただ一つ。

クール系の彼女は、現実でも嫁のつもりでいるということ――。

「ん～、どうしたよ綾小路ぃ。朝っぱらから寝たフリか～？」

　朝の教室。俺が机に突っ伏していると、横からニヤニヤしていそうな橘が話しかけてきた。顔を上げる力もなく、軽く右手を振って返事する。

「んだよ、せっかく俺様が話しかけているのによ」

「どうやら綾小路くんは酷く疲れているようだね」

「みてえだな。夜ふかしでもしたんだろ」

「僕の計算によると、夜ふかしの原因は水樹さんだね」

　断言する斎藤。今回ばかりは正解だ。百点やるよ。

「おい綾小路！　水樹とどうなったんだよ！　付き合うことになったのか!?」

「……」

　激しく肩を揺すられるが、俺は顔を上げない。抵抗する力が湧いてこない。

「僕の計算した通り、水樹さんは綾小路くんが好きだったでしょ？」

「かー、羨ましいぜ！　水樹とチャットで盛り上がったか？　もしくは通話か？　ネト嫁かつ憧れのアイドルと付き合えて寝不足か～？」

　好き放題に言ってくる二人に耐えきれず、俺は顔を上げて一言だけ呟く。

「はは、能天気な奴らめ」

「「っ!?」」

彼らの言うように『普通の好き』であれば俺も素直に喜んでいたことだろう。

だが、俺に向けられる水樹さんの好意は、遥かに普通を超えている。

あのお嫁さん発言が衝撃的すぎて、昨晩は一睡もできなかったのだ。

「素直に喜べるわけないよなぁ」

憧れの人気アイドルとお近づきになりたい。

そう願っていたが、これはいくらなんでも近づきすぎだ。程よい距離感にしてくれ。

ピロン♪

スマホから通知音が鳴り、取り出して確認する。

起動したのはゲーム用のチャットアプリ、送信者はリンだった。

「……っ！」

ごくっと喉を鳴らし、メッセージを開封する。

『今日のお昼、一緒に過ごさない？　実は和斗くんのためにお弁当作ってきたの』

まさかのお昼のお誘いである。俺は微かに震えた指先で返事する。

『誰かにバレたら騒ぎになりませんか？』

『どうして敬語笑。誰にも見つからない場所を見つけたから、そこで一緒に過ごそ！』

……。

俺はスマホから顔を上げ、最前席に座る水樹さんに視線を向ける。ややうつむき、スマホを眺めているようだった。

『和斗くんはゆで卵しか食べていないんでしょ？　そんなのダメだよ！　夫の健康管理も妻の役目……私のお弁当、食べてね！』

追撃のように二度目のメッセージが送られてきた。どうにも俺の昼食事情について把握していたらしい。水樹さんは妻として心配している様子だった。

「ん、どうしたんだい綾小路くん。さっそく水樹さんと恋のやり取りかい？」

「そんな生温(なまぬる)いものじゃないぞ」

「えっ!?」

どう説明したらいいのか分からず、適当に濁しておく。

俺自身、未(いま)だに整理がついていないのだ。

「おいおい！　ちゃんと説明してくれよ！　俺たち、友達だろ？」

「説明したところで、信じられないさ」

「んや信じるってば！　ネトゲ廃人と人気アイドルが恋人になる……夢物語のようだけどよぉ、可能性で言うならありえるからな」

「恋人……ああ、そうだよな、普通に考えたら恋人止まりだよな」

俺は澄み渡った青空を眺めながら言う。

橘が「どういう意味だよ！」と肩を揺すってくるが、俺は現実逃避したような薄ら笑いを浮かべるしかなかった。

☆

お昼の校内で、人気アイドルと二人きりになる……。

これほどドキドキ感を味わえるシチュエーションが、他にあるだろうか？

しかも人気アイドルのほうは、お嫁さんのつもりでいると来たもんだ。

誰だってドキドキ（別の意味で）するだろう。

「えーと、場所は……旧校舎か」

俺が呼び出された場所は、古びた木造校舎だった（何かの事情で取り壊すことができないらしい）。今は使われていない。もちろん人の出入りは一切なく、全ての教室に鍵がかかっているはず。

俺は旧校舎に踏み込み、ギシギシと軋む木の床を歩いて階段を上る。二階に到着。それから目的地となる一番端の教室にまで足を進めた。

スマホに届いたメッセージによると、既に水樹さんは教室の中に居るらしい。

何でも、この教室だけ鍵がかかっていないそうだ。おそらく締め忘れだろう。

よくもまあ、こんな場所を見つけたものだ。

感心しながらドアを開けて教室内に踏み込む。木製の机と椅子がズラリと並んでいるのが見え、湿った木の匂いがした。

「こっちよ和斗くん」

窓際の一番後ろに水樹さんが座っていた。柔らかい笑みを浮かべ、こちらに手招きしてくる。

「……っ」

誰もいない旧校舎、人気アイドルと二人きり、誰にもバレてはいけない……。

禁断のシチュエーションを改めて実感し、胸がドクンと高鳴った。

「その、お弁当、ありがとう」

俺は水樹さんの傍に歩み寄り、机に置かれた弁当箱を見ながらお礼を告げる。水色の布に包まれた長方形の弁当箱だ。多分、これが俺の分だろう。もう一つ用意されている小さめの弁当箱が、水樹さんの分だと思われる。こちらも同じく水色の布に包まれていた。ちょっとお揃(そろ)いを意識させるな。

「お礼を言う必要はないわ。私と和斗くんの仲でしょう？」

「ん、あー、そうだな。俺たちは『数年来のネトゲ友達』だしな」

「ええ、その通り。私たちは『数年来の夫婦』よ。夫のお昼を用意するのは当たり前のこと……妻として、ね」

おそらく俺以外の男には見せないだろう、優しげな笑みを水樹さんは浮かべた。

この状況、素直に喜んでいいものか。

他者からすれば血涙を流すほど羨ましいシチュエーションだろうが、実際この身に起きれば、圧倒的に戸惑いが勝る。

まだ炎上系動画配信者によるドッキリと言われたほうが、素直に納得できるレベルだった。

「そのー、妻だからって、夫のお昼を用意する必要はないと思うんだけど……？」

「私が用意したいのよ。それじゃダメかしら？」

「いえ……ダメじゃないっす」

なけなしの抵抗をするべく即興の持論を展開してみたが、一瞬で蹴散らされた。

自分がしたいことをしている――そう言われては、こちらは何も言えない。

それに、憧れの人気アイドルにお昼を用意してもらえて嬉しく思う気持ちはある。

いや戸惑っているが、それはまた別として、一人のファンとして嬉しいのだ。

「さ、食べましょうか。座って」

優しく水樹さんに促される。俺のために、もう一つ椅子が用意されていた。

水樹さんと向かい合うように椅子に腰を下ろし、弁当箱を包む布を解く。シルバーの弁当箱が出てきたので蓋を開けて中を確認する。

「わ、うまそう……」

　思わずそう呟いてしまった。

　卵焼き、ウインナー、ポテトサラダ……他にも定番の具材が綺麗に詰められている。いい意味での平凡な弁当だ。平凡だからこそ料理の腕が窺える。

　卵焼きは金色の光を放つような絶妙な焼き加減だし、ウインナーは可愛らしくタコさんカットされている。なんだか全体的に輝いて見えた。やはり人気アイドルともなれば、料理も光り輝くらしい（そんなわけないか）。

「じゃあ、いただきま……えと、水樹さん？」

　用意されていたお箸を手にしたところで、水樹さんが柔らかい目つきで俺を見つめていることに気がついた。

「どうしたの？」

「そんなに見つめられると食べづらいんだが……」

「そ、そうよね……ごめんなさい。ずっとこの瞬間を待ち焦がれていたから、つい……」

「この瞬間って、昼飯のこと？」

「ええ。和斗くんと二人きりで昼休みを過ごすことよ。あとは私の手作り弁当を食べてもらえることかしら」

そう言い、水樹さんはさらに言葉を続ける。

「この瞬間のために、何年も前から料理の練習をしていたの」

「え……？」

「まかせて、花嫁修業は既に終わらせているわ！」

水樹さんはクールアイドルらしい自信に満ちた表情（ドヤ顔？）で、堂々と言い放った。

そして俺は言葉を失った。

もう何を言えばいいのか分からない。何も言わないのが正解なのかもしれない。

「和斗くんどうしたの？」

「いや……その、そんなに俺のこと……す」

「好きよ」

「――――ッ！」

言葉を躊躇(ためら)う俺を待たず、水樹さんは眉を動かすことなく答えた。

「その、さ。そういうこと言うの、恥ずかしくないのか？」

「恥ずかしくないわよ」

即答する水樹さん。俺がヘタレなだけかもしれないが、好きという感情を相手に伝えるのは、恐ろしく恥ずかしい行為だと思っている。

けれど水樹さんは、さも挨拶するように平然と言ってくるのだ。

しかもネトゲ廃人でしかない俺に……。

「まあ、そうね……。付き合いたて、もしくは付き合う前の関係だったら、恥ずかしくて言えなかったでしょうね」

「えーと、それはどういう意味でしょうか」

「今の私たちは夫婦でしょう？　つまり恋人を超えた関係であり、共に人生を歩むことが当たり前となった間柄……家族なの。だから好きという感情を伝えるのに、恥ずかしさを感じるわけがないわ」

「あー……うん、そっか」

「そうよ」

またしても堂々と言い放つ水樹さんを前に、俺は苦笑いとも言えない微妙な表情を浮かべるしかなかった。

「好きな人と食事を共にする……これってすごく幸せなことよね」

「そ、そうっすね」

憧れの人気アイドルと二人で昼食を共にする。ファンとしては至上の喜びだろう。

……まあ、度が過ぎればアレだけども。

「ねえ和斗くん。一つだけ、私のお願いを聞いてもらえるかしら」

「い、いいよ。なに？」

「あーん、をしてもいい？」

微かに頬を赤く染めた水樹さんが、上目遣いになるようなうつむき加減で尋ねてきた。テレているらしい。率直に言って可愛すぎる。

「好きな人にあーんをする……小さい頃からの夢だったの。だめ、かしら？」

拒否されることに怯えたような言い方だった。

そこは『夫婦だからあーんをするのは当たり前』と言わず、律儀に確認してくるんだな。

水樹さんの中では、どのような線引きが行われているのだろうか。

好きな人に対するテレと、夫婦として接する感覚が混じっているように思われる。

「あー、いいよ」

「ほんと？　はい、あーん……」

水樹さんはお箸で卵焼きを一切れつまみ、俺の口に差し出してくる。

これは……かなりヤバい。あの水樹さんのあーんを頂ける日が来るとは……！

なぜか俺は目を閉じてから、パクッと水樹さんのあーんを受け取った。

……だめだ、感動しすぎて卵焼きの味が分からない。味が分からないけど、恐ろしく美味しい。

「どう、美味しい？」

「お、美味しい……っ！」

「そう、よかった」

水樹さんは心底嬉しそうに微笑む。

テレビですら見たことがないような、素直な感情を表した顔だった。

もうその顔を見れただけで満腹になってしまう。

自分が応援しているアイドルが、幸せそうにしている。

その姿を見るだけでファンは満たされるんだろうな。

「はい、あーん」

再び水樹さんが、あーんをしてくる。そうして何度も何度もしてもらい、気がつけば二つ目の弁当箱に突入していた…………え、二つ目の弁当箱？

「和斗くん、まだまだあるから遠慮なく食べていいわよ。はい、あーん」

「いや、これ以上は……」

さすがに腹がいっぱいだ。俺は手を振って断る。

するとガーンという効果音が聞こえそうなほど、水樹さんの顔がショックを受けたように歪んだ。

「え、どうして……？　まさか、倦怠期!?」

「けんた……はい!?」

「確かに私たちは夫婦になって数年の月日が流れたわ。それでも私は毎日カズにドキドキしていたし、今では和斗くんのことばかり考えているの」

「いや、あの、普通にお腹（なか）がいっぱいで――」

「けれど和斗くんは、私に飽きていたのね……」

「そんな悲しそうにされても！」

なんだか涙を流しそうなほど、水樹さんはガックリと項垂（うなだ）れてしまった。

え、これ、俺が悪いの？

悲しそうにする水樹さんを見たせいか、一人のファンとして『どうにかしなくては』という思いが生まれてくる。

なけなしの勇気を振り絞り、口を開いた。

「あの、水樹さん？」

「なにかしら」

「その、さ……俺が、水樹さんに飽きるとか、絶対にないよ」

「本当に？　どうして言い切れるの？」

「俺、水樹さんの大ファンだし……。今もドキドキしてまする…………っ」

あかん、噛（か）んでしまった。顔も熱いし、多分赤面してるだろうな。

本来の俺は、女子に挨拶することすら緊張してしまう純情ボーイである。

憧れの人気アイドルに本音を打ち明けようとすれば、しどろもどろになるのは必然だった。

「ありがとう、和斗くん。そう言ってもらえて、すごく嬉しいわ」

悲しげな顔から一転、水樹さんは言葉通り嬉しそうに顔を綻ばせる。なんなら目元が微かに濡れていた。……まさか泣いてる？

「私も和斗くんの大ファンよ。何をするにしても和斗くんのことを考えてしまうの」

「お、おお……？」

そして水樹さんはキリッとした顔で、確信したように言う。

「夫婦とはすなわち、お互いの熱狂的なファン……そう言いたいのねっ！」

「違う、全然違う」

俺は真顔で首を横に振った。

☆

水樹さんとの昼休みを終え、その後は何事もなく一日を終える。

そして放課後、俺は校舎裏に来ていた。俺以外に誰も居ない。

帰宅中の生徒たちの声が、一つの音の塊になって遠くから聞こえてくる。

「話って、なんだろうな」

俺が校舎裏に居るのは、水樹さんと待ち合わせしたからである。

つい先程スマホに『話があるの。校舎裏に来てー』と水樹さんからのメッセージが届いたのだ。話ならスマホ上ですればいいと思うのだが……。

俺たちが直接会うのはリスクが高い。それは水樹さんも理解しているだろうに。

「和斗くん」

つんつん。名前を呼ばれながら、人差し指で背中を突かれる。

振り返ると水樹さんが立っていた。

……なんだろ、このやり取りにドキッとする。ちょっと甘酸っぱい。

「なあ水樹さん。俺たちが直接会うのは危なくないか？」

「そうね。でも和斗くんとは、なるべく顔を合わせて話がしたいの。もう文章だけのやり取りでは満足できなくて……」

水樹さんは危険を承知で、俺と直接話がしたいらしい。

そこまで想われていることに嬉しく思うが、やはり俺としては水樹さんの今後が心配になる。俺程度でアイドルの道をつまずいてほしくない。

「ねえ和斗くん。今日の放課後、和斗くんの家にお邪魔してもいいかしら？　そろそろご両親に挨拶しないと」

「とりあえず何を言ってるのか分からないです」

いきなりの発言に、俺は半目になる。

「緊張するのは分かるわ。でも安心して。私の和斗くんに対する想いは、誰を相手にしても決して揺らぐことはないから」

「あーいや、俺の両親は共働きでさ。深夜にならないと帰ってこないんだ。悪いけど今日は――」

「それは好都合ね。一度和斗くんの部屋に上がってみたかったの。二人きりでゆっくりできるわね」

と、水樹さんは微笑む。……あかん、何を言っても退路が断たれる。

別にイヤではない。純粋に恥ずかしいし、どうしたらいいのか分からないのだ。

女の子に――それも人気アイドルに、これほどグイグイ迫られては思わず逃げてしまいそうになる。

「和斗くんの家、楽しみだわ」

「……そうっすか」

クールアイドルらしからぬ無邪気な微笑みを見せる水樹さんに、俺は戸惑いと緊張で口が引き攣るのだった。

☆

「これが和斗くんの部屋……。かなり散らかってるわね」

「これでも水樹さんが来るまでに頑張って片付けたんだけどな。水樹さん、来るの早すぎ」

俺の部屋を見回して愕然とする水樹さんに、俺は呆れながら答える。

校舎裏で別れた後、すぐに家に帰って自室の掃除を始めた。

しかし、三十分もしないうちに、タクシーに乗った水樹さんがやってきたのだ。あまりにも早すぎる。制服を着ていることから、着替える時間すら短縮したらしい。

ちなみに俺の住んでいる家は、平凡な二階建て家屋。俺の部屋は二階にあり、ラノベやらゲーム機やらといった娯楽物が散乱している。

俺は普通の男子高校生らしく、片付けが苦手なタイプだ。というか面倒。

「あら、私のポスターを貼ってくれているのね。すごく嬉しい……」

水樹さんは壁に貼られたポスターを見て感激したように目を輝かせる。

ポスターには、クール系のアイドル衣装を着た水樹さんが映っていた。その手にはマイクが力強く握られており、顔には珍しくも情熱的な表情が浮かんでいる。

「俺、水樹さんのファンだからさ……」

少し照れくさくなり、頬を掻きながら言う。

「こうして私の存在を常に感じてくれているのね。これぞ夫婦の絆というべきかしら」

「んー、ちょっと違うな」

俺は冷静に否定してみせる。

しかし嬉しそうに微笑む水樹さんに、俺の声は届かなかった。なんでだよっ。

☆

「んーそうね……まずは掃除かしら」

俺の散らかった部屋を見回し、水樹さんはそんなことを言う。

「いや、そんなこととしてもらわなくても……」

人気アイドルに掃除させるなんて、そんな恐れ多いこと……！

「ダメよ。夫には綺麗な部屋に住んでほしいもの。これは妻としての役目……絶対に掃除するわ」

「お、おぉ……」

毅然として言われ、俺は呻くような声を漏らす。

そう言えば水樹さんは、自分を貫き通す強い女性だった。

それはネトゲの【リン】の頃からも同じである。……いや、リンのほうはどちらかというとワガママ寄りかもしれない。

ともかく、動揺する俺をよそに、水樹さんはテキパキと掃除を始めた。

まずは床に散乱した物を片付け、どこに置いたらいいか指示を仰いでくる。

他にも捨てるべき物と必要な物を振り分けていき——みるみるうちに部屋が綺麗になっていく。水樹さんは花嫁修業をすませたと言っていたが、その言葉にウソはなかった。

「あら、和斗くんもラノベが好きなのね」

水樹さんが床に落ちていた一冊のラノベを手に取り、話しかけてくる。

「うん。俺もってことは、他にもラノベ好きの人が居るのか？」

「ええ、奈々(なな)がラノベを集めているわね。他のメンバーもラノベを読んでいるし、執筆している子も居るわ」

まじか。思ったよりスター☆まいんずの少女たちは本好きらしい。

「そんなことより……どうしてヒロインはアイドルじゃないの？　容姿も私に似てないわ」

「そんなこと言われても困るんですがっ」

まるで嫉妬しているかのように、水樹さんは表紙に描かれたヒロインを睨(にら)みつける。

……以前から思っていたが、水樹さんは嫉妬深いタイプなんだろうか。

琴音(ことね)さんのことを『あの女』とか言ってたし……。

「ま、和斗くんの妻は私よ。あなたがどれだけ魅力的だろうと、夫婦の絆は揺るがないわ。今のうちに笑っていることね」

水樹さんは得意げになって、表紙のヒロイン（満面の笑みを浮かべるツインテ美少女）に言い放つ。何と争ってんだよ……。

一通りすんだところでラノベを片付け、掃除を再開する。

しかし、水樹さんがベッドの下に手を伸ばし、一枚の布を引っ張り出したことで、再び掃除が中断された。

「これは……パンツ……？」

水樹さんは三角形の黒い布を両手で広げ、目をパチパチとさせる。

紛れもなく俺のボクサーパンツだった。

「え、あ、どうして……パンツが、ここに……っ」

急速に顔を赤くさせる水樹さん。口をアワアワとさせ、見るからに動揺する。

「俺のパンツ、ベッドの下にあったのか。ずっと捜していたんだよなぁ」

「ちょ、ちょっと和斗くん！　だらしないわよ！」

「……すみません」

悲鳴混じりの声で怒られ、咄嗟に頭を下げる。

「ま、まさか……こんな形で和斗くんのパンツを触ることになるなんて……っ！」

顔は真っ赤、涙目。けれどパンツからは目を離さない。

思ったより、そういうことに関する免疫はないようだ。いや、あっても困るのだが……。

水樹さんの性格からして、異性のパンツを見ても飄々(ひょうひょう)としているイメージがあった。

「和斗くんは身の回りのことに無頓着すぎないかしら？」

「え、そうか？」

「掃除はしない、昼食はゆで卵一個……これは深刻な問題よ。一から和斗くんの生活を見直す必要がありそうね。これから定期的に和斗くんの部屋にお邪魔するわ」

「えっ」

「その『えっ』は、イヤなほうの『えっ』ね。何か問題でも？」

「いやー、俺としては今の生活が気に入っているんだよな」

「ダメよ。自堕落にもほどがあるわ。妻として見逃せないわね」

どうやら水樹さんの何かに火がついたらしい。

やる気を漲(みなぎ)らせ、さっきよりも精力的に掃除を始める。

「何をボーッとしているのかしら。和斗くんも手伝って」

「は、はいっ」

あー……どうしてこうなった。

女の子を部屋に招く、それはもっと甘酸っぱく、ドキドキに満ちたイベントではなかったのか？

「ま、またパンツが落ちてる…………もう、和斗くん!?」

「ごめんなさい！」

☆

「あーしんど……。水樹さんは綺麗好きなんだな。それもかなりの」

膨れ上がったゴミ袋を一階に運び終え、一息つく。

水樹さんは部屋の細部にまで気を配っていた。物の整理を終えた後、今度はホコリの掃除を始め、俺に容赦なく指示を飛ばしてくる。まさにスパルタだった。

まあ俺のために掃除してくれているのだ。文句を言うのはおかしいだろう。

「水樹さんの部屋って、どんな感じなんだろうな」

きっと整理整頓の行き届いた綺麗な部屋に違いない。もうイメージからして清潔そうだ。

「夕方か」

ベランダから差し込む夕日が、リビング内をオレンジ色に染め上げる。いつもならネトゲに没頭している時間帯だ。

俺は自室に戻り、水樹さんに声をかける。

「ゴミ、下に置いてきた——あれ？」

ドアを開けた瞬間、視界に飛び込んできたのは、以前とは比べ物にならないほど綺麗になった部屋内と——俺のベッドでスヤスヤと眠る水樹さんの姿だった。しかも何故か俺の枕を抱きしめている……！

「あー、まじか」

これは、どうしたらいいんだろう。

「すー、すー、すー」

安定した寝息を漏らし、警戒心ゼロの可愛らしい寝顔を浮かべている。

一人のファンとして貴重なシーンを見れたことを嬉しく思うが、同時に困惑もする。

「そういえば、今日は久々の休日だと言っていたな」

水樹さんが掃除中に言っていたことを思い出す。

普段からアイドル活動で忙しく、少なからず疲労が溜まっていたのだろう。

一休みしている間に寝てしまったのか。

「これが男嫌いのクール系アイドル、か」

もしかしたら……。水樹さんの寝顔を見たことがある男は、俺だけかもしれない。

それは俺に気を許している証拠であり——。

だからこそ、考えてしまう。

水樹さんは俺に好意を抱いている。

けれど俺は一人のファンとしての気持ちであり、ネトゲフレンドに抱く親愛の感情だ。

確かに水樹さんと今よりも仲良くなれたらなーと思っているが、特別な関係を望むのはおこがましいだろう。

下の名前を呼ぶことすら、身分不相応に思えて仕方ない。

「んぅ……和斗くん……にへへ……」

水樹さんは俺の名前を呟いて緩みきった寝顔を見せる。いや、にへへって……。

「あーくそ、やっぱり可愛いな……っ！」

これがギャップ萌えというやつか。クールな振る舞いをしている女の子が、寝ているときは無垢な顔を見せる……。

より一層、水樹凛香という存在に心が引き込まれてしまった。

「……」

この寝顔を見ていると、悩みなんてどうでもよくなる。

俺の人生において、水樹さんの存在を感じることができるのなら、もうそれでいいのかもしれない。

「んぅ……和斗くん、浮気したら……ちょん切る」

「え、なにをですか!?」

『もう遅いよカズ！　今まで何をしていたの?(?`∧、?)?』

【黒い平原】にログインするなり、そんなリンのお怒りメッセージが飛んできた。

ちょっと可愛くて頬が緩む。

本日は土曜日。時刻は21時7分。俺と水樹(みずき)さん、胡桃坂(くるみざか)さんの三人で遊ぶ日である。

待ち合わせ時間は21時丁度なので、俺は少しばかり遅刻していた。

遅刻の理由は単純明快。

緊張していた俺は腹を下し、さっきまでトイレに籠っていたのだ。……ヘタレではない。

ちょっと考えてほしい。人気アイドル二人とネトゲをするということを。

俺のようなネトゲ廃人には精神的負担が半端ないのだ。

俺は『ごめん』とリンに返信してからパソコン内のゲーム用のチャットアプリを起動する。

あらかじめリンと作っておいたトークルームを選択し、ボイスチャンネルをクリックして入室した。入室しているメンバーは三人。

『カズ』と『リン』と『シュトゥルムアングリフ』だ。…………誰？

なんか横文字のすごい人がいるんだけど。

「遅かったわねカズ。私たち、ずっと待っていたのよ？」

クールな装いのリンが言ってくる。

ついさっき送られてきた可愛らしいチャットとは、えらく雰囲気が違うんだな。

……ま、わざわざ俺から突っ込むことじゃないか。彼女なりの事情があるんだろう。

それよりもシュトゥルムアングリフさんが気になる。

「あの、シュトゥルムアングリフさんって誰ですか？」

「はいはーい！　私だよー！　胡桃坂奈々（なな）ですっ！」

ヘッドフォンから元気のいい大きな声が響いてきた。声量が凄（すさ）まじい。耳キーン。

「ちょっと奈々。声が大きいわよ。声を抑えなさい」

「あ、ごめんねー」

普段から大きな声を出している胡桃坂さんはボイスチャットでも同じノリらしい。

俺は名前の由来を聞くことにする。

「胡桃坂さん。どうしてシュトゥルムアングリフって名前なの？」

「えとねー。私が飼っている猫の名前なんだよ！　どう？　可愛い名前でしょ？」

ツッコミ待ちのボケかと思ったが、胡桃坂さんの明るい声音で本気だと理解する。

返す言葉に悩んでいると、リンが会話を引き継いだ。

「奈々は普通の人とはセンスがズレているのよ。気にしないであげて」

「そんなことないよ！　私は普通だもん！」

……絶対に普通じゃない。

それと今シュトゥルムアングリフの意味をネットで調べてみたが、ドイツ語で『突撃』という意味らしい。

胡桃坂さんは自分の猫に何をさせる気なんだろう。

「既にシュトゥル――――奈々はチュートリアルを終えているわ。悪いけどカズ、最初の村に来てくれるかしら」

「分かった。すぐ行く」

プレイヤー名で呼ぶのが面倒臭くなったらしい。本名で呼んでいた。俺もそうしよう。

言われた通り、俺は馬に跨り数分かけて最初の村に到着する。

村に向かう途中で話を聞いたところ、胡桃坂さんはチュートリアルを終えたが、未だ操作に慣れていないらしい。

そんなわけで胡桃坂さんが操作に慣れるまでの間、村周辺の雑魚モンスターと戦うことになった。

彼女たちと集まるべく、のどかな村の中央広場にキャラの足を進める。

そこで待っていたのは、弓を背負った可愛らしい金髪のエルフ『リン』と、大斧を担いだゴリゴリマッチョの獣人のオッサン『シュトゥルムアングリフ』だった。

「……なあ胡桃坂さん。絶対にネタプレイのつもりだろ?」

【黒い平原】では割と細かくキャラメイクができる。

胡桃坂さんが作成したキャラクターは、どう考えても筋力だけを最大値に上げたとしか思えない筋肉ダルマに仕上がっていた。

「ネタプレイ？　え、この子、可愛いでしょ？」

「……天は二物を与えずってことか。悲しいな」

「ちょっとカズくん!?　それどういう意味!?」

そのままの意味である。

「奈々のおかしなセンスも確認したことだし、早速狩りに行くわよ」

「ぶぅー、リンちゃんとカズくんはイケズだなぁ」

唇を尖らせていそうな不満声を漏らしながらも、胡桃坂さんはリンに従って村から出ていく。程なくしてモンスターが生息する草原地帯にやってきた。

「あ、見て！　あそこに大きくて可愛い猫がいるよ！」

「あれはサーベルキャットね。気をつけなさい、この辺で一番強いモンスターなの。今の奈々では絶対に勝てないから近寄らないで――」

「この子、すごく可愛い！　見て、楽しそうに私にじゃれついてくる！」

「違うわ奈々！　それは攻撃されているの！　早く逃げて！」

「えっ？　えと、どうやって走るんだったかな――あっ」

『パーティメンバー：シュトゥルムアングリフさんが倒れました』

無情にもチャット欄に表示される死亡宣告。

村から出て五分足らずの出来事。突撃するどころか棒立ちで逝った。

「奈々……」

「ごめんなさい。リンちゃん」

呆れたように胡桃坂さんの名前を呟くリン。

とりあえず俺は敵討ちをしておくか。

レベルカンストになっている【カズ】は、剣を一振りしてサーベルキャットを葬った。

ちなみにサーベルキャットは全然可愛くない。なんとなく猫に似ているだけで、体格は人間並みだし顔つきも凶悪だ。口からは巨大な牙だって覗かせている。

これを可愛いと言える人は、どんな醜い怪獣だって愛でることができるだろう。

「気を取り直して次行きましょう。カズ、お願い」

「おぉー」

なんとなく意味を察した俺は周囲をグルグルと巡回して、胡桃坂さんが手こずりそうなモンスターだけを倒していく。

「あ、これなら私でも勝てるかも！」

凄まじい巨体をした獣人のオッサンが、体格に見合った大斧を振り回して小さなイタチをしばいていた。

しかし通常攻撃すら不慣れらしく、たまに攻撃を躱されている。

クリックしてのターゲット選択ではないので、初心者の胡桃坂さんには難しいようだ。

「……想像以上に奈々は……いえ、これ以上言うのはやめておきましょう」

リンが何を考えたのかは分かる。胡桃坂さんはゲーム音痴の人かもしれない。

まあ純粋にゲーム経験に乏しいだけだろうけど。

胡桃坂さんが最弱モンスターを相手に苦戦している間、俺とリンは周囲のモンスターをボチボチと狩り続ける。旨みは全くないが、胡桃坂さんの楽しそうな声を聞けているだけでも十分な収穫はあったと言えよう。

「二人とも息がピッタリだね」

ふと、胡桃坂さんがそんなことを言ってきた。

「何が？」

「お互い、名前だけで指示を出し合ってない？」

「そうね……。この辺のモンスターは弱いから複雑な連携がいらないのも理由だけど……」

「俺とリンはずっと一緒にやってきたからな。相手が何を求めているかくらい、考えなくても分かる」

「その通りよ。以心伝心というやつね」

自慢げに言ってのけるリンに対し、胡桃坂さんは「へ～、すごいなぁ」と感心していた。

それからも適当に会話しながら狩りを続けるが、唐突に胡桃坂さんが中断した。

「ごめん。ちょっと私、用事ができちゃった。少しだけ離れるね」

そう言いログインしたまま離席する。

ボイスチャンネルのほうも在籍中か。すぐに戻ってくるつもりなんだろう。

と、思っていると、机に置いていたスマホから通知音が鳴った。

確認してみる。胡桃坂さんからチャットが来ていた。

『良い感じで場が温まったよ！　二人きりになった今がチャンス！』

何がチャンスかは聞くまでもないことか。

恐らく名前呼びの件。凛香（りんか）と呼ぶことを要求されていた。

『いきなりすぎだって。まだ心の準備ができていない』

『大丈夫だよ！　さっきも普通にリンって呼べてたよね？』

今、指摘されて気がつく。無意識のうちに水樹さんのことをリンと呼んでいた。

『あとは香をつけるだよ！　簡単簡単！』

簡単なものか。意識すると今度はリンと呼ぶことに緊張してきたぞ。

「どうしたのカズ。急に黙り込んじゃって」

「あ、あー、えと……。リン、か……かもめが飛んでるぞ」

「かもめ？　どこに？　【黒い平原】にかもめなんて居たかしら？」

　スマホから通知音が鳴り確認すると、胡桃坂（くるみざか）さんから『…………』と無言の罵倒が送られてきていた。何も言い返せない。

　ただ名前を呼ぶだけじゃないかと思われるかもしれないが、これまでネトゲしかしてこなかった俺の人生において、女子と触れ合う機会は一切なかった。

　まだ一般女子が相手ならばどうにかなったかもしれないが、あの人気アイドル水樹（みずき）凛香の名前を呼ぶのはどうしても緊張してしまう。

『頑張ってカズくん！』

『明日から頑張るよ』

『それどんどん引き延ばして、結局しないパターンだよね？』

　その通りだった。

『さりげなく、自然に凛香って呼べばいいんだよ！』

……。

　んー、なんだかなぁ。

　さっきから違和感があるんだよな。胸の中が、もやもやする。

　俺は胡桃坂さんに後押しされなければ、水樹さんと仲良くなれないのかっていう。

水樹さんは、リアルでも妻になろうとするくらい俺のことが好きなわけで……。

あの日、リンが水樹凛香だと判明してから俺の生活は変わってしまった。

これまで縁のなかった胡桃坂さんとも繋がりが生まれた。

今までの俺ならありえないことである。

そして何よりも、水樹さんがリアルでも妻として振る舞うこと。

これが一番の変化だろう。

だけど、それは決して嫌な変化ではない。

戸惑いこそ隠せないが、楽しくもあり、嬉しくもあるのが本音……。

「うん。やっぱ、そうだよな」

「カズ？　本当にどうしたの？」

訝しげに尋ねてくる水樹さんを無視して、俺は己の考えを定める。

この一週間に起きた出来事、水樹さんとの思い出の全てが頭の中で流れていく。

本当に濃密な一週間だった。

慌ただしく、俺の日常を容易く激変させて……。

いつも中心に水樹さんがいた。

彼女が本気で俺を想っているのなら、こちらも正々堂々と本音をぶつけるべきじゃないだろうか。それが対等であるということ。

水樹凛香が望んだ、不純が混じらない心の関係。

確かにリアルでは絶対に埋めようのない身分差があると思う。

けれど口調は異なってもリンと水樹さんは同じで、リアルでも歩み寄ってくれる。

本当はまだ躊躇いはある。悩みだって尽きない。

だが俺からも歩み寄りたいと、心の底では願っていた。

「リン……いや水樹さん。ちょっとだけ俺の話を聞いてくれないか？」

「……なにかしら？」

こちらの真剣な声音から何かを察したらしい。水樹さんの声から強張りを感じ取れた。

「本当は俺、水樹さんのことは仲の良いネトゲのフレンドにしか思っていなかったんだ」

「――――っ」

ヘッドフォン越しに息を呑む気配が伝わってくる。

スマホから着信音が鳴った。胡桃坂さんからだ。

やはり会話を聞いているらしい。

大体の用件は察しが付く。恐らくは俺を責め立てるのが目的だろう。

なんせ凛香と呼んであげるどころか、今の関係をぶち壊すような発言をしたのだから。

けれど胡桃坂さんの言葉を聞く必要はない。俺はスマホの電源を落として喋り続ける。

「水樹さんに憧れの気持ちは抱いているけど、これが恋愛感情なのか分からないんだ。アイドルに対するものかもしれなくて……」

「そう……だったのね……」

震えた声で水樹さんが返事をする。呆然としていそうな気がした。

でも俺の話はここで終わりじゃない。まだ本音を全て吐き出していないのだ。

「けど俺は水樹さんの気持ちに応えたい。いや、それ以上に水樹さんのことをもっと知りたいし、今よりも親密な関係になりたいと思っている。……ケジメって言うのかな、しっかりとリアルでも水樹さんと向き合いたい」

「……え？」

「だから、最初の一歩として……。水樹さんのことを、凜香と呼んでもいいかな？」

緊張しながらもサラッと口にできた。

しばしの沈黙が流れる。

断られる可能性が頭をよぎった瞬間、水樹さんの声が聞こえてきた。

「……もちろん、いいわ。でもその……」

「なに？」

「聞いている限りだと、和斗くんも私のことが好きだと思うのだけれど」

「その……アイドルに抱くような憧れの気持ちも否定できないというか……。水樹さんも嫌でしょ？　俺がアイドルに告白されたからOKしたとか」

「……確かに、それだけが理由と言われたらすごく不愉快ね。私は余計な情報が関わらないネトゲだからこそ、純粋な心での付き合いができると思っているの。なのにアイドルという立場のおかげで承諾されたお付き合いなんて絶対にお断りよ」

口調を荒くした水樹さんが一気に捲し立てた。

しかし次に重ねてくる言葉は柔らかい口調となっていた。

「……でも私は確信しているの。和斗くんは私自身を好きでいるのだと」

「……え？」

「今の和斗くんは混乱しているせいで自分の感情を把握できていないのよ。だとしても大丈夫。私は和斗くんよりも和斗くんを理解している。何も心配いらないわ」

「……」

お、おいおい……。

なんだか話の方向がおかしなことになってきたぞ。

「私、聞いたことがあるの。結婚しても夫の自覚を持てない男の人がいるって」

「そういう話じゃない。俺の場合、親しいネトゲのフレンドと憧れの人気アイドルが同一人物だったから、色々と混乱しているわけで……」

しかも並々ならぬ好意まで持たれている。困惑するなというほうが無茶だろう。

「なら待つわ」

「ま、待つ？」

「ええ。和斗くんが自分の感情を整理して、私との関係を受け入れられるようになるまで待つわ」

「あ、ありがとう……？」

一番言われて安心する言葉だったかもしれない。

ちゃんと自分の感情と向き合う時間が欲しかったのだ。

「にしても最初は驚いたわ。和斗くんが私のことが好きかどうか分からないなんて言うんだもの」

「まあ、うん……」

「でもその後の言葉で理解したの。和斗くんは私のことが心の底から好きなんだと」

「あのー、水樹さん？　話がループしてませんか？」

ループと言うより矛盾かもしれない。

俺が主張したのは、好きかどうか分からないけど、リアルでも仲良くなりたいということ。そのために凛香と呼ばせてくださいと言ったのだ。

なのに水樹さんは意地でも俺が好意を抱いていると解釈してくる。

「そうね……。仮に和斗くんの感情が、愛ではなく、友達や尊敬のそれだったとしても問題ないわね」

「え？」

「簡単なことよ。妻である私が、和斗くんに惚れられるような女になればいいのだから」

「えーと、ごめん。何を言ってるのか分からなくなってきた」

「難しいことじゃないわ。ようするに、好きになる前に結婚をしたのだから、これから好きになればいいということ」

あ、あー。なるほど。なるほどなるほど。

プチパニックに陥った頭でもギリギリ理解できる。

水樹さんは、この状況においてもお嫁さんのつもりでいるのだ。

「和斗くんが本音を打ち明けてくれて嬉しかったわ。確かに私が望む答えではなかったけれど……。それでも和斗くんの嘘偽りのない気持ちを知ることができたから」

「水樹さん……」

「あら、聞き間違いかしら？　これからは名前で呼んでくれると思っていたのだけれど」

「……凛香」

「……」

「ん、凛香？　急に黙ったけど……やっぱり嫌だった？」

「いえ、ごめんなさい。自分でも驚くほど嬉しくて息が止まっていたの」

「な、なんじゃそりゃ……」

名前を呼ばれただけで嬉しくて息が止まるとか、そんな話は聞いたことがない。

それだけ俺のことが好きということなんだろうか。……考えただけで恥ずかしくなるな。

「和斗くん。私のことでずっと悩んでいたのね」

「別に悩んでいるわけじゃ……」

「いいえ。そこまで来ると悩みよ」

「……」

何も言い返せなくなった。

そんな情けない俺に対し、凛香(りんか)はハッキリと己の気持ちを表明する。

「深く考えなくていいの。だって私が勝手に、和斗くんを好きになっているだけだから」

「――――っ」

勝手に好きになっているだけ……。

その言葉がどれほど尊いものか。

打算もなければ容姿や身分に惹(ひ)かれたわけでもない。

俺自身を好きでいるのだと伝わってきた。

「それと……。この会話、奈々(なな)も聞いているのでしょう？　いないフリをしているけども」

「あ、あははは。バレてた？」

控え目な笑いのもと再登場する胡桃坂さん。確信めいた言い方に降参したようだ。

「少しだけ物音がしていたもの。よく分からないけど、何かしらの陰謀を感じるわね」

鋭い。クールな見た目通り、頭がキレるらしい。

全てバレているとは思わないけど、俺と胡桃坂さんの繋がりまでは悟っていそうだ。

「ごめんねリンちゃん。私も悪気があって、こういうことをしたわけじゃないの」

「別にいいのよ。昔から奈々が変なことをするときは、いつだって私のためだったもの」

「リンちゃん……！」

感動したように声を上げる胡桃坂さん。

「とはいえ黙ってコソコソされるのは気に食わないけれど」

「リンちゃん……」

テンションがガタ落ちする胡桃坂さん……。

「ただ、そうね。謝罪をするつもりがあるのなら……。ほんの少しだけ気を利かせてほしいかしら」

気を利かせる？　どういう意味だろうか。

俺には分からなかったが、胡桃坂さんはすぐに理解したらしい。

「もちろんだよ！　二人が今よりもずっと仲良しになってくれたら嬉しいもん。というわけで……カズくん、リンちゃんをよろしくね」

「え、よろしくってなにを――――」

ピロロン♪　トークルームからシュトゥルムアングリフが退出した……。

どうやらアイドルは人の話を最後まで聞かずに電話を切る習性があるらしい。

「さて和斗くん。奈々がわざとらしく離席したタイミングで、あなたは本音を打ち明けてきた。これはとても偶然とは思えないわね」

「い、いや……その」

「全て吐いてもらうわよ。裏で奈々と、どういうやり取りをしていたのか……全て、ね」

「……その、テキストチャットのほうでもよろしいですか？」

「どうして？」

ネトゲ内のリンのほうが、ほんわかしていて話しやすいから。

とは言えず……。

「文字にしたほうが説明しやすいなぁと思って」

「……そう、仕方ないわね。そうしましょうか」

すぐゲーム内にチャットが送られてくる。

『カズ！　ここまできたら隠し事は一切なしだからね！』

あー、うん。やっぱりこっちだ。こっちのほうがシックリくる。

よし、もう全部喋（しゃべ）っちゃうか。きっと今がそのタイミングだ。

『この間の昼休みのことなんだけど、胡桃坂さんに呼ばれていたんだ』

『奈々が!?　まさか私の親友と浮気……？』

『いや違う！　すぐに浮気と結び付けないでください！』

ていうか浮気って……。

どれだけ言われようと、凛香はお嫁さんのつもりでいるらしい。

おかしいとは思うけど、不思議なことに嫌悪感はない。

今となっては安心感すら覚えるようになっている。

自分の気持ちを全て伝えたからか……？

ネトゲ廃人の俺が言っても重みはないかもしれない。

けど一つだけ確信したことがある。

人間、余分な情報を削ぎ落として本音をぶつけ合えば、争いを起こすことなく理解し合えると……。

『じゃあ琴音という女子とは何もなくて、奈々とも何もなかったんだよね？』

『……最初に手を握られました』

『カズゥウウウウウウ!!』

前言撤回。

余計なことは言う必要がない。

『まだ私とも手を繋(つな)いでいないのに……。カズの初めてを奈々に奪われるなんて！』

『大げさすぎる！　あれはファンと手を繋ぐような軽いノリだったから安心してくれ！』

『もう決めた！　これからはカズの人間関係を管理する！　フレンドリストもチェックするから！　一日の予定計画表も提出してね！』

『管理社会かよ！　息詰まって窒息死するぞ！』

こんな嫁さんをリアルで持つと人生が大変になるんだろうなぁ。

あ、彼女はリアルでも嫁のつもりなのか。マジヤバい。

そんなことを考えながら、リンのチャットに対して返事を打ち込んでいく。

俺たちはボイスチャットを繋いでいながら、かつてと同じようにネトゲ内のチャットで心を交わし合っていた。


これから先も、ずっと一緒に居るのだろうと確信しながら――――。

という良い雰囲気で、話が終われたらよかったんだけどなぁ。

「ちょっと和斗くん。私の話を聞いているの？」

「あぁ聞いてるよ。昔の思い出に浸っていただけ」

凛香の部屋で正座させられている俺は、意識が現実に戻ってくるなり遠い目になる。

俺が本音を打ち明けた日から既に一週間が経過していた。

最初は『凛香』と呼ぶことに緊張していたが、人間何事にも慣れるもの。

今では普通に凛香と口にすることができている。

そして本日、日曜日。昼間。再び事件（？）が起きてしまったのだ。

「確かに私は感情の整理ができるまで待つと言ったわ。でもね、浮気を見逃すとまでは言ってないの」

「……多少の浮気は許すって言ってなかったっけ？」

「浮気に気がついたら怒るに決まってるでしょう？　え、なに、許されると思って積極的に浮気をしたの？」

「してませんしてません！　誤解です！　余計なことを言ってごめんなさい！」

アサシンを彷彿させる冷酷な瞳を向けられて、すかさず頭を下げて謝罪する。

あー、ほんと、どうしてこうなったのか。

二日前、凜香から『次の日曜日なんだけど、夕方まで家族は帰ってこないの。昼頃でいいから私の家に来ない？　二人きりになりたいの』と誘われ、凜香の家に向かったのだ。教えてもらった住所を頼りにし、たどり着いたのは一般的なマンション。周囲を警戒しながらマンション内を進み、部屋の前に到着した俺は、緊張で微かに震えた指先で呼び鈴を押したのだ。出迎えてくれたのは、部屋着とは思えないほどオシャレな服装をした凜香だった。そのまま雑誌に載ってもおかしくない格好である。

これはまさか……？

と、期待と緊張で心臓を鳴らしながらお邪魔すると——。

「今日は徹底的に和斗くんの女関係を洗いましょうか」

「……」

これなんだよなぁ。期待と男の夢はアッサリ砕け散った。

いや俺が『凜香が好きだ！』と言えれば解決するのかもしれないけど……。

まだそこまでの段階じゃないというか、なんというか。

我ながら呆れるほどのウジウジっぷりである。

「和斗くんは自分がモテると自覚する必要があるわね。自覚すれば女子への対応も可能になってくるの」

「自覚っつーか、モテたことないし。女子から言い寄られたこともないし」

俺、モテるタイプじゃないしな。

凛香にはモテてるみたいだけど、キッカケはネトゲだしな。

……どんだけリアルでモテないんだよ、俺。

「その、さ。ネトゲのフレンドを解除するのは本気で勘弁してほしいです。俺、ボッチになっちゃうよ……」

「私がいるじゃないの」

「凛香がログインできるのは休日の数時間だけだろ？　俺、平日は他のフレンドと遊んでいるんだよ」

「なるほど……。つまり、私にアイドルをやめろと？」

「なんでそうなるの!?　凛香がアイドルを頑張っているのは理解しているし、応援もしている！　俺は水樹凛香の大ファンで、凛香以外のアイドルには興味がないくらいなんだぞ！」

「そ、そう……。ありがとう」

頬にうっすら赤みを走らせた凛香がお礼を告げてくる。

俺の言葉にウソはない。事実、スター☆まいんずのミュージックビデオを観るときは、凛香にしか注目していない。それはリンの正体を知る前からのことでもある。

「凛香にはこれからも楽しくアイドルを続けてほしい。その上で俺のフレンドは見逃してくれ」

「イヤよ」

「即答かい！　いいじゃん、フレンドくらい！」

「私、聞いたことがあるの。そうやって女を油断させた男は愛人を各地に作るとね」

「誰から聞いたんだよっ。その情報源、絶対に歪んでるぞ」

「聡子さんよ、バツ8の聡子さん」

「ほんとに誰だよ！　しかもバツ8って……」

なんともまあ、人生経験が豊富なことで。

「ただいまぁ！　……んぅ？　凛香お姉ちゃん、いるの～？」

可愛らしい女の子の声が部屋の外から聞こえてきた。玄関からだな。

「う、うそ、乃々愛が帰ってきた……！　夕方まで友達と遊んでくると言ってたのに」

さーっと顔を青くさせる凛香。家族が帰ってくるという予想外のことが起きてしまった。

「妹さん？」

「ええ。私には大学生の姉と、小学一年生の妹がいるのだけれど――いえ、そんなことを話し合ってる場合じゃないわね！　早く隠れて！」

「親ならともかく、妹にならバレてもいいんじゃないか？」

「リスクは避けたいの。それに乃々愛は無邪気な分、口が軽いから……。和斗くん、早く隠れて」

「ど、どこに？」

パッと見回す。整頓された部屋に隠れられそうな場所はない。

机、ベッド、クローゼット、本棚に諸々。強いて言うならクローゼットか？

扉付きだから隠れることもできそうだが……。

「私のベッドに隠れて！」

「え、隠れる場所、間違えてない？　クローゼットのほうが――」

「いいから早く！」

焦っているせいで判断能力が低下しているのか、若しくはクローゼットを避けたい理由があるのか。俺はベッドに突き飛ばされ、上から布団を被される。……なんか、すごく幸せな匂いがするんだけど。

頬が熱くなるのを感じていると、ガチャリと扉の開く音が聞こえた。

「あ、凛香お姉ちゃん！　今日は家にいるの？」

「ええ、居るわよ。それにしても乃々愛、どうしたの？　今日は夕方まで友達と遊ぶ予定でしょう？」

「それがね、アキちゃんがすぐにかえっちゃったの！　だから凛香お姉ちゃん、わたしとあそんでー」

「そ、そうね……。今少し忙しいからリビングに行ってなさい」

「うんー」

ベッドに潜っているので二人の姿は確認できない。

だが会話の内容からして上手く遠ざけられたようだ。よし今のうちに……。

「あ、知らない人の靴が玄関にあったよ！　凛香お姉ちゃんの友達が来てるの？」

「――――っ」

しまった！　そこは盲点だった。完全にやらかしていた。

「え、えと……。乃々愛には関係ないことよ。靴は気にしなくていいから――」

「んぅ……？　あ！　凛香お姉ちゃんのベッドで誰か寝てる！」

「ち、ちょっと乃々愛！」

「わたしもかくれんぼしたい！」

焦り声の凛香。そしてパタパタと近づいてくる足音。

次の瞬間、ガバァッと布団が剝がされた。

「あ」

「あ」

布団を引き剝がした張本人とバッチリ目が合う。

幼女だ。

そのクリクリとした大きな瞳に俺の顔が映る。

凛香の妹とあって物凄く可愛い。

見た目のイメージとしては、クール要素を捨てて無邪気可愛いに特化した幼い凛香だろうか。髪型をピッグテール（短いツインテール）にしており、幼さを活用して可愛らしさを上手く引き出している。簡単に言うと、めっちゃ可愛い幼女だった。

「……」

「……」

俺の顔を見つめて呆然とする乃々愛ちゃん。キョトンとしている。

まさか男が居るとは思わなかったのだろう。

とりあえず、こちらから自己紹介しておくか。

「乃々愛ちゃんだったかな？　初めてまして、綾小路和斗です」

うん、挨拶って大切だよな。初対面なら尚更だ。

「お、」

「お？」

「お姉ちゃんが、男の人連れこんだぁあああ！」

甘ったるく可愛らしい叫び声が、盛大に響き渡った。

る。

☆

「わーわー！　男の人ー！　凛香お姉ちゃんが男の人を連れこんだー！」

「こら乃々愛！　そういうこと言ったらダメって、何度も言ってるでしょ！」

どこか嬉しそうに騒ぎ立てる乃々愛ちゃんに、凛香はお姉さんらしい強い口調で注意する。

俺は俺で、とても幼女とは思えないセリフに戸惑っていた。

「あのー乃々愛ちゃん？　男を連れこんだの意味、分かってる？」

「うん！　男の人を家に入れたときに言うんだよねっ！」

「あー、これは分かってるけど分かってないな」

目をキラキラさせている乃々愛ちゃんを見て、無邪気からの発言だと理解する。覚えたての言葉を嬉しそうに口にする子供のようだ。というか子供だ。

乃々愛ちゃんは俺を見上げて、じーっと見つめてくる。

「んぅ……かずと？」

「ああ。和斗だ」

「今から凛香お姉ちゃんとのぼるの？」

「登る？　どこに？」

「えとね、大人の階段！」

「────ッ」

ペカーッと眩しい笑みを浮かべる乃々愛ちゃん。そして失神しかける俺。なんなんだこの幼女は……！

「かずと、凛香お姉ちゃんとのぼるの？」

「あ、いや……っ」

なんて無垢な瞳でやらしいことを聞いてくるんだっ！

乃々愛ちゃんの邪気のない綺麗な瞳に、口を引き攣らせた俺の顔が映り込む。

「ちょっと乃々愛！　いい加減にしなさい！」

さすがの凛香も本気で怒り出す。

そうだ、ここは姉としてハッキリ言ってやれ！

「大人の階段を登るかなんて……そんなの愚問よ！　私たちはとっくの昔に登ってるわ！」

違うだろぉおおお！　登ってねえから！　俺たち、ネトゲしてただけだから！

そう心の中で叫ぶ俺をよそに、凛香は謎のドヤ顔を披露し、乃々愛ちゃんは満面の笑みを浮かべて「わー！　そうなんだっ！　すごーい！」と言いながらパチパチと手を叩いていた。……あかん、この姉妹は何かがずれている。

「一応聞くけど、乃々愛ちゃんは意味を知ってるのかな？　大人の階段を登るって意味」

「んぅ？　えーとね……しらないっ！　おしえてー」

「無理です」

可愛らしく小首を傾げて聞いてくる乃々愛ちゃんに、俺は即拒否してみせる。

「和斗くん。乃々愛の変な発言だけど、あまり気にしないで。ドラマで聞いた言葉を意味も分からずに言ってるだけだから」

「まあ、そんな感じだよな……」

仮に乃々愛ちゃんが意味を分かった上で言っているのなら、俺は今の世の中に疑問を抱く。

不意に、クイクイと袖を下から引っ張られた。乃々愛ちゃんだ。

「かずとは凛香お姉ちゃんの恋人なの？」

「違うぞ」

「ええ、私たちは恋人じゃないわ。夫婦よ」

……。

うん分かってたけどね。

「んぅ？　えーと、二人が結婚してるってことは……かずとがわたしのお兄ちゃんになるの？」

「ええ、そうよ」

「いや、ちょ────」

「わーい！　わたしね、ずっとお兄ちゃんがほしかったの！　わーい！」

……。

「どうしたの和斗くん？　さっき何か言いかけてなかった？」

「……なんでもないっす」

凛香に尋ねられるが、バンザイするほど喜んでいる乃々愛ちゃんを見て何も言えなくなる。なんだろ、猛烈な勢いで外堀を埋められている気がする。

「あのね、その……かずとお兄ちゃん……？」

「────ッ」

恥ずかしそうに、けれど声を弾ませて嬉しそうに。うつむき、それでもチラリと上目遣いで俺を見上げる乃々愛ちゃん。頬が微かに赤く染まっている。

「……かずとお兄ちゃん？　かずとお兄ちゃん……。かずとお兄ちゃん！」

お兄ちゃんという言葉を噛み締めるように、乃々愛ちゃんは何度も言い方を変えて『かずとお兄ちゃん』を繰り返す。どうしよ、乃々愛ちゃんが可愛すぎて辛い……。

「じーっ」

「……え？」

凛香が瞬きせずにジト目を向けてくる。

「和斗くんは小さい女の子が好きなのね」

「なんか違う意味に聞こえるんですけど？」

「じゃあ好きじゃないの？」

「特別好きってわけじゃないけど……」

「んぅ？　かずとお兄ちゃんはわたしのこと、きらいなの？　……ぐすっ」

乃々愛ちゃんは今にも泣き出しそうなほど目を潤ませる。だめだ、胸がすごく痛い

……！

「き、嫌いじゃないよ」

俺がそう言うと乃々愛ちゃんは「えへへ」と可愛らしく笑みをこぼす。

その一方で、凛香はジト目を崩さなかった。

「やっぱり和斗くんはロリコンなのね」

「理不尽すぎるッ！」

☆

「ねね、かずとお兄ちゃん！　次はお馬さんになって！」

めっちゃ懐かれた。

元々人懐っこい上に、お兄ちゃんが欲しかったからだろう。

乃々愛ちゃんは屈託のない笑みで、遠慮なく遊びをせがんでくる。

「お馬さんお馬さん！」

「はいはい。ちゃんと摑（つか）まってろよ」

背中に乃々愛ちゃんを乗せた俺は、四足歩行で部屋内を歩き回る。

顔に出さないようにしているが、ぶっちゃけネトゲ廃人の体力にはキツイものがあった。

「最初はどうなるかと思ったけど……和斗くんは子供の相手が上手ね」

「どうだろうな。俺は俺で楽しんでるだけだし……」

乃々愛ちゃんが異常なほど人懐っこいのもある。めっちゃ可愛い。

「次は抱っこして！」

「はいよ」

バンザイして抱っこを要求する乃々愛ちゃんの両脇に手を差し込む。そのまま持ち上げて抱っこしてあげた。その様子を見ていた凜香が驚いたように目を丸くする。

「珍しいわね。乃々愛が家族以外に抱っこをせがむなんて」

「人懐っこい子なんだろ？」

「ええ、それでも抱っこは家族にしか要求したことがないの。……あ、既に和斗くんは私の夫だから問題ないのね」

「それは関係ないと思うぞ、絶対にな」

多分、乃々愛ちゃんは俺と凛香の関係を理解していない。

「ごめん乃々愛ちゃん。もう腕が辛い。下ろしていいかな？」

「んぅ……いいよ」

悲しげにする乃々愛ちゃんを見てチクリと胸が痛くなるが仕方ない。

そっと乃々愛ちゃんを下ろす。

「ねね、今度はネットゲームがしたい！」

「ダメよ乃々愛。まだ早いわ」

「早くないもん！」

「乃々愛はまだ小学一年生でしょ？　せめて中学生になってからね」

「凛香お姉ちゃんだけズルい！　わたしもしたい！」

「ダメ」

「ん〜〜〜っ。……かずとお兄ちゃん、お願い」

「え、俺？」

いきなり矛先が変わった。期待に満ちた眼差し(まなざ)しを乃々愛ちゃんが向けてくる。

「ダメよ和斗くん。乃々愛には早いわ」

早いって、ネトゲに年齢制限とかあったかな。

いや水樹（みずき）一家の考え方に口出しすることでもないか。

「かずとお兄ちゃん……！」

「……」

天使な幼女がウルウルと潤ませた瞳で見上げてくる。これを断れる人間は存在しない。

「凜香、少しくらいなら良いんじゃないか？」

「はぁ、甘すぎるわね。…………本当に少しだけだからね？」

「やった！　ありがとう凜香お姉ちゃん！　かずとお兄ちゃんも大好き！」

嬉しそうにピョンピョン跳ねる乃々愛ちゃんを見て、凜香は渋々といった様子を見せているが顔は優しく緩んでいる。

まあ確かにこの歳（とし）からネトゲにハマらせるのはよくないかもしれない。

……でも俺は四歳の頃からマウスを触り、ネトゲしていたんだよなぁ。

「じゃあ今からするわよ」

凜香がパソコンを起動して【黒い平原】を立ち上げる。椅子に乃々愛ちゃんを座らせてキャラクター作成のメニューを開いた。一からプレイさせるらしい。

「んぅ？　えーと……」

拙い操作でキャラクターの造形をイジる乃々愛ちゃん。

横から凛香が優しい口調で説明している。

何だかんだで仲の良い姉妹なのが伝わってきた。

俺は凛香のベッドに腰掛けて二人の後ろ姿をボーッと眺める。

彼女たちの様子からして時間がかかりそうだ。

やがて三十分近くかけて乃々愛ちゃんの初キャラクターが完成する。

黒いローブを羽織った小さな女の子だった。

名前は『ノノア』。リアルの自分に似せたらしい。

「みてみて、かずとお兄ちゃん！　この子、可愛い？」

「うん、すごく可愛いぞ」

「えへへ」

俺が褒めてあげると乃々愛ちゃんは満足げに微笑（ほほえ）んだ。可愛い。

そして始まるチュートリアル。

「えと、移動するのが……これ？」

「うん、そうよ。スペースキーを押すと……」

初めてのマウス、キーボード操作に苦戦している。

乃々愛ちゃんはアタフタしながら画面内のキャラクターを操作していた。

なんとか歩行ミッションを達成すると、ゲーム内における師匠的ポジションの白ひげ爺が『やるな！　すごいぞノノア！』と拍手しながら褒めちぎった。

「えへへ、褒められちゃった。ねね、かずとお兄ちゃん、わたしってえらい？」

「ああ、偉いぞ～」

嬉しそうに尋ねられたので、頭を撫でてやりながら褒めてやる。

子供って本当に無邪気で可愛いよなぁ。

俺なんか『下らないこと言ってないで、さっさとチュートリアルを進めろよ。スキップないの？』とか思っちゃうもん。

「……それくらい私もできるのだけれど」

「え？」

何かがボソッと聞こえた。

聞き間違いか？

俺は気にせず乃々愛ちゃんの後ろに立って画面を眺める。

今度はモンスターと戦うチュートリアルが始まった。

攻撃されてもＨＰは減らないので絶対に勝てる戦いだ。

乃々愛ちゃんは「えい、えい」と可愛らしく声を発しながら拙い操作でモンスターに火玉を何度も放ち、余裕（？）の勝利を収める。

『ふむ、さすがはノノア！　すごいぞ！』

「やった！　わたし、すごいんだって！」

目を輝かせた乃々愛ちゃんが、俺の袖をクイクイ引っ張って褒めてアピールしてくる。

「すごいなぁ乃々愛ちゃん」

俺は優しく乃々愛ちゃんの頭をヨシヨシする。本当に純真で可愛い。

神様、心の底から妹が欲しいです！

「私、そんなことで和斗くんに褒めてもらったことがないのだけれど」

「……あの、凛香さん？」

「何かしら？」

「ひょっとして、自分の妹に対抗してませんか？」

「してないわ。私は独り言を言ってるだけよ。変な勘違いをしないで」

……なんなんだ。不思議に思いながらも、乃々愛ちゃんのゲームプレイを見守りながら褒め続けること一時間半。

その間、隣の凛香が「初めてにしては上手だけど、そんなに褒めることかしら」とか「いくら子供とはいえ褒める基準が低くない？」と何度もボソボソと呟いていた。

絶対、自分の妹に対抗している。

「目がショボショボするー。ねむぃ」

マウスの手を止め、乃々愛ちゃんが瞼を擦りながら呟く。

「ちょっとゲームやりすぎたな。目が疲れてるんだ、今日はここまでにしよう」

「うんー。かずとお兄ちゃん、抱っこー」

眠たげな乃々愛ちゃんが俺に向けてバンザイしてきた。

「ダメよ乃々愛。あまり和斗くんに迷惑をかけないで」

「ん～。抱っこ～」

「いい加減に……」

「俺なら大丈夫だよ。ほら、おいで乃々愛ちゃん」

語気を荒くし始めた凛香を制するように、俺は自ら乃々愛ちゃんを抱っこする。

「もう小一なのに……」

「そんなもんだろ。俺なんて小三になってもお母さんに抱っこして～って甘えてたぞ」

「甘えん坊だったのね。……小さい頃の和斗くん、ありだわ……！」

「……」

おいおい、一瞬だけ犯罪者の顔つきになっていたが大丈夫か？

俺は凛香から乃々愛ちゃんに意識を移す。

目がトロンとしていて今にも寝ちゃいそうだ。

ネトゲする前に俺を玩具にして暴れていたからなぁ。

その前にも友達と遊んでいたみたいだし……。

「和斗くんは子供が好きなのね」

「そうだな、否定しない。凛香は嫌いなのか？」

「好きよ。だってこの子たちには打算がないもの」

その通りだと思う。

子供は相手の容姿やステータスとか一切考えない。

中には例外もいるだろうけど、基本的に子供は純粋なもの。

ネトゲと同じように、心のコミュニケーションが取れる存在だろう。

「もう夕方だけど、俺は帰らなくて大丈夫なのか？」

「ええ。お母さんが帰ってくるのは夜頃よ。お父さんは仕事で帰ってこないから気にしなくていいわ」

「日曜なのに大変だな。お母さんも仕事なのか？」

「いいえ、高校時代の友達と日帰り旅行に行ってるわね。スキップするような足取りで家から出て行ったわ」

「陽気なお母さんだな……。大学生のお姉さんは？」

「お姉ちゃんは友達の家に泊まりっぱなしね。きっと今日も帰ってこないでしょう」

少しだけ寂しそうに言う凛香。やっぱり家族を愛しているんだなぁ。

「スー、スー……」

胸元から聞こえてくる安らかな寝息。本当に寝てしまった。愛らしい寝顔を浮かべている。天使かよ。

俺が乃々愛ちゃんの可愛らしさを堪能していると、凛香にツンツンと左肩を突かれた。

「ん、なに？」

「その、妹を可愛がってくれるのはすごく嬉しいのだけれど、少し構いすぎじゃないかしら」

視線を遠慮がちに逸らしながら、頬を朱に染めた凛香が小さな声で言ってきた。まさか妬いてる……？

「……凛香？」

「ちゃんと、私のことも……見て……」

「――――っ」

凛香が、やや恥じらいつつも上目遣いで訴えてくる。

どうしよう、メチャクチャ可愛く見えてきた。今まで感じてきた可愛さとは違う。胸の中に温もりが広がるような、愛おしい可愛らしさ。

「凛香……」

「和斗くん……」

窓から差し込む夕日が、凛香の端整な顔に陰影を作り出す。

乃々愛ちゃんの寝息だけが聞こえる空間において、俺と凛香の意識は互いだけに集中していた。

「………………」

一歩踏み出せば唇が触れ合えそうな至近距離で見つめ合う。

時間の流れが溶けていくような錯覚を覚えた、そのとき──────。

「久々の我が家だぁ！　あれ、凛香と乃々愛に……え、この靴、誰の!?」

女性らしくも豪快な声がドア越しに響いてきた。

「う、うそ……数週間ぶりにお姉ちゃんが帰ってきた……！」

再び顔を青くさせる凛香。甘く温かい雰囲気は一瞬にして消し飛ぶ。

俺は内心で危なかったと思いながらも口を開く。

「どうする、またベッドに隠れるか？」

「もう遅いでしょう……はぁ」

もはや諦めの境地に達したらしい。重いため息をついた凛香は遠い目をしていた。

「どうして今日に限って……！」

あーうん。そういう日って、あるよな。

☆

「というわけで、二人の関係を説明してもらおうかな」

リビングに通され椅子に座らされた俺と凛香は、テーブルを挟んだ向かいの席に座る【水樹香澄】さんに問い詰められていた。

香澄さんは腕を組み、人が良さそうな目つきを僅かな怒りに歪めて俺たちを睨んでいる。

凛香曰く、香澄さんは大雑把な性格で細かいことは気にしない女性らしい。

しかし怒るときは怒るし、筋は通す性分とのこと。

「……」

伏し目がちになっていた俺は、コッソリ顔を上げて香澄さんを見やる。

とても綺麗だ。肩下まで伸ばした髪の毛は丁寧な手入れがされているらしく、見るからに艶があってサラサラしている。当然ながら顔立ちも抜群に整っていた。全体的な雰囲気としては姐御肌らしい感じがする。

水樹三姉妹は見事に性格がバラバラなんだなー。

「ん？　私の顔に何かついてる？」

「いえ、何もついてないです」

綺麗なお目々とお鼻がついてますよーとふざけかけたが、すぐにやめる。

ちょっとしたボケでもかませば殴られそうな気配だ。

ちなみに乃々愛ちゃんは凛香の部屋でグッスリ寝ている。

「で、凛香。この男は何？」

「綾小路和斗くんよ。同じクラスの男子」

「ふーん。やっぱり付き合ってるの？」

「……」

凛香が黙り込む。

俺の予想では『付き合うどころか夫婦よ』くらいは言うと思っていたが……。

凛香はうつむき加減になって姉と目を合わせようとしない。珍しい光景だ。

「あんたたちの関係は察しが付くけどさ……。凛香、男を連れ込むのはマズイでしょ」

「そう、ね」

「世間様にバレたらどうするの？　皆に迷惑かけるんだよ」

「……」

正論に正論を重ねられて凛香は言葉を発せなくなる。

なんという重い空気だ。

と思っていると、香澄さんが囁くような声で驚くことを尋ねてくる。

「一応聞くけど、もうエッチした？」

「「ぶふっ！」」

俺と凛香は同時に吹き出す。この人、真顔で何を聞いてくるんだ！

「ち、ちょっとお姉ちゃん……！」

「あ、まだなんだ。じゃあキスは？」

「「……」」

「え、してないの!? あんたら、どういう関係？」

ネトゲでの夫婦です。

驚く香澄さんを眺めながら、心の中でボソッと呟く。

「えーと、あんたたち、付き合ってんのよね？」

「付き合ってるというよりは夫婦ね」

「………は？」

ついに凛香が言ってしまった。

目を丸くする香澄さん。

俺は頭を抱えたい気分だ。

「私と和斗くんは【黒い平原】というネットゲームで知り合ったの」

「あー、そういや凛香、ネトゲにどハマりしてたもんね」

「そうよ。そこで和斗くんと私は結婚したの」

「ふーん」

「……」

「……」

「え、それだけ？」

「そうよ」

パチパチと瞬きをしながら尋ねる香澄さんに、凛香(りんか)は平然と頷(うなず)いてみせた。

俺には香澄さんが何を思っているか手に取るように分かる。俺たちが陰で付き合っており、コソコソと逢瀬(おうせ)を重ねていると考えたのだろう。

しかし、だ。

蓋を開けてみれば、ただのネトゲのフレンド。

香澄さんが驚くのも無理はなかった。

「その、さ。現実でも付き合ってるわけ？」

「ネトゲで結婚しているのだから、リアルでも夫婦に決まってるでしょ？」

「やだ自分の妹が何を言ってるか分かんない」

……初めて一般的な感想を聞いたかもしれなかった。

これが普通のリアクションなんだろうな。

「お姉ちゃんには分からないでしょうね。ネトゲで、どれだけリアルを超越した心の交流ができるかを」

「…………綾小路くん、だっけ？　君はどう思っているの？」

話の対象を俺に変えてきた。

凛香では、まともな話ができないと判断したらしい。

「俺は、りん――――水樹さんと仲良くなれるなら……」

「ふーん。まあ、うちの凛香はめっちゃ可愛いしアイドルだもんねー」

「そういう意味じゃないです。たとえ水樹さんがブサイクだろうが一般人だろうが、俺はここに居たと思います」

これだけは否定されたくない。

凛香の行きすぎた考えは正直どうかと思わなくもないが、カズとリンが過ごしてきた数年間は本物だ。決してリアルの情報で崩れるほど脆い絆じゃない。

「和斗くん……」

隣に座る凛香から尊敬の念に似た感情が伝わってくる。

……もしかして俺、結構恥ずかしいことを言ってしまったか？

「ふぅん。ま、私にはネトゲ結婚の仕組みは分からないけど……。結構マジなんだ」

香澄さんが腕を組みながら納得したように頷く。

「お姉ちゃん。もし和斗くんが居なかったら、私はアイドルを続けてこれなかったと思う。だから……」

「だから？」

「私たちの関係を認めてもらえないかしら？」

「……夫婦という関係を？」

「そうよ」

……。

ん？

夫婦どころか、まだ正式なお付き合いすらした覚えがないんですが……。

いやしかし、この真っ直ぐそうな姉様なら『バカなことを言うな！』と怒ってくれそうな予感が――。

「仕方ないね。姉の権限で認めよう！」

え、認めちゃうの？　さっきまでの威圧はどうした？

「お姉ちゃん……ありがとう」

「んまあ、チャラチャラした男に凛香をくれてやるよりは、そこの控え目そうなイケメン君にくれたやったほうがいいでしょ」

「イ、イケメンって、そんな……」

咄嗟に否定してしまう。そんな俺を見て香澄さんはニヤリと笑った。

「いやいやぁ、謙遜しちゃって。確かにキャーキャー言われるタイプには見えないけど、地味にモテる男だと見たね。自分の意見をハッキリ言える性格みたいだし」

「それは……。いえ、俺のことはいいです。凛香みたいな人気アイドルが男と付き合うってヤバくないですか？」

「ヤバいね。でもさ、どのアイドルも隠れて男と付き合ってんじゃん。酷いときにはマネージャーを含めた複数の男と肉体関係を持ってたりするし」

なんて夢をぶち壊す話を……。俺は唖然とするも言い返す。

「香澄さんも最初は否定的だったじゃないですか。皆に迷惑かけるんだよ、とか仰っていたと思うんですが」

「あー、あれは演技」

「え、演技？」

「いやさ、そういうのに憧れてたんだよねー。ほら、娘が結婚相手を連れてきたときに、親父がちゃぶ台をひっくり返すみたいなノリ？　ああいうのをしてみたかったんだよねー」

「……」

楽しげに笑う香澄さん。なんという女性だ……。

「それに同性の友達を作るのにも苦労してた凛香が、男を連れてくるなんて普通はありえないし。もうこれが最初にして最後のチャンスでしょ」

「……俺との付き合いが世間にバレたら、アイドルを続けられなくなると思うんですけど」

「別にいいんじゃない？　もう十分頑張ったでしょ。今度は女の子としての幸せを手にしなくちゃね」

「……」

適当な言い方ではあったが、凛香の幸せを考えた言い方でもあった。

「お姉ちゃんがそう言ってくれて嬉しい。でもスター☆まいんずの皆には迷惑をかけたくないの。和斗くんとのことは内緒にしてもらえないかしら」

「もちろん。彼女たちも良い子だからねぇ。人気になっても天狗にならず頑張ってるし」

どうやら香澄さんはスター☆まいんずのメンバーと会ったことがあるらしい。

別におかしなことではないか。スター☆まいんずが結成されたのは、凛香が中二の頃。

そして胡桃坂さんと凛香の友人関係は小学生時代からなのだ。

むしろ接点がないほうが違和感があるというもの。

「これで話はまとまったかなー。というわけで綾小路和斗くん」

「は、はい？」

意味ありげな笑みを浮かべた香澄さんが、こちらを見つめてくる。

「次は――お母さんにも挨拶しよっか」

……まじですか。

もはや俺と凛香が正式には付き合ってないと言い出せない雰囲気。

トントン拍子に外堀を埋められている気がした。

「お姉ちゃん。お母さんに挨拶は早いんじゃないかしら」

「え？　あんたら夫婦のつもりなんでしょ？　じゃあ別にいいじゃん」

「それは……」

凛香がチラッと横目で俺を見てくる。何を躊躇（ためら）っているのか分かった。

俺の答えを待っている凛香は、妻のつもりで振る舞ってはいるが、そこまで大事に発展させたくないのだろう。

「お互い好きなんでしょ？」

「「……」」

「ん、どうしたの？」

口を閉ざした俺たちを見て、香澄（かすみ）さんが首を傾（かし）げた。

「実はその……和斗くんは私の夫である自覚がまだできていないの。今は彼の感情の整理ができるのを待っている状態よ」

「あ、あぁ……なるほど。つまり彼はまともってことね」

その言い方だと凛香がおかしな人みたいになる。……あながち否定できないな。

「でも大丈夫よ。和斗くんは自分で気づいていないだけで、私のことを愛しているから」

「…………知らない間に妹が闇深くなってるんだけど」

香澄さんが救いを求めるように、こちらに視線を向けてきた。

俺にはどうしようもない。思い返せば初日からこんな感じだった。

「え、えーと。もう一回整理させて。凛香は夫婦のつもりなのよね？」

「ええ」

「じゃあ綾小路（あやのこうじ）くんは？」

「……ネトゲのフレンドで……最近はリアルでも交流を持ち始めたクラスメイトですかね」

「凛香のことは好きなの？」

「好き、というか……恋愛感情なのかハッキリ言えないです。以前からアイドルとしての水樹（みずき）さんを尊敬していたんで」

「あー、なんかすごく面倒な状況になってるねー。んで一番状況を複雑にさせてるのが凛香ってわけか」

「それ、どういうことかしら」

「どういうことも何も、そのまんまの意味なんだけど」

「和斗くんがハッキリしていないだけで私たちが結婚した事実は変わらないわ」

「……え、これは俗に言うヤンデレ？　もしくはストーカー？」

「人聞きの悪いことを言わないで。いくらお姉ちゃんでも怒るわよ」

僅かな怒りを言葉に込めて、凛香がそう言った。

香澄さんは眉間を押さえながら口を開く。

「あー……。あんたたちの関係が見えてきたわ。最初は両思いで夫婦ごっこをしているのかと思っていたけど……。これ、凛香が綾小路くんに付き纏っているだけじゃないの？」

その表現は正しいようで正しくない。

何だかんだで俺も受け入れているし……。

夫婦を認めたわけではないけども。

「付き纏っていないわ。夫婦なら一緒に居るのは当たり前でしょう？」

「……凛香………っ」

ついに頭を抱える香澄さん。

いや絶句という表現のほうが似合っているかもしれない。

そして香澄さんは頭を上げて俺を見つめてきた。

「綾小路くん……」

「はい」

「うちの凛香を……よろしくお願いします」

「はい…………はい!?」

「いやね、もう君しか居ないよ。この子の深い愛を受け止められるのは」

「な、何を言い出すんですか!?」

「ほら凛香はメチャクチャ可愛いじゃん？　身内贔屓を抜きにしても国内トップクラスの容姿だと思うのよ。それに賢いし歌は上手で料理もできて超絶美少女と呼ばれるクール系アイドルで……。うん、完璧でしょ？」

「なんか不良債権を押し付けるような喋り方になってるんですが」

「ああ！　もういいじゃん！　せっかく凛香が男を連れてきたんだよ!?　男に興味がなくて、あれ？　うちの妹は女の子が好きなのかな？　そういう感じなのかな？　って思ってた凛香が！　これが最後のチャンスなんだって！」

「えぇ……」

　ヤケクソじみた暴論を吐き出しゴリ押ししてくる香澄さん。なんだこれ……。

「綾小路くんが何を悩んでいるのかは分からないけどさ、付き合ってから始まる恋もあるんだし、まずは凛香と一線を越えてみるのもありじゃない？」

「なるほど、そういう考え方もありですね――――って肯定するわけないでしょ！　既成事実ってやつじゃないですか、それ！」

「いいじゃんそれで！　凛香の何が不満なの!?」

「べ、別に不満とか、そういうわけでは……」

「凛香のことを思って真剣に考えてくれるのは嬉しいけど、若者らしく勢いに任せた行動もありじゃないの？」

「香澄さん……」

言われてハッとする。

確かに俺は色々考えすぎてがんじがらめになっていた。

そして香澄さんは、ニヤリといやらしい笑みを浮かべて言った。

「あふれる性欲に任せて、ね」

「……」

最低だった。

この人、初っ端からエッチとか言うし、結構ヤバい人かもしれない。

「というわけでお母さんに連絡しとくから～。ま、晩飯だけでもごちそうになりな」

そう言いながら香澄さんはスマホを取り出して通話を始める。

凄まじい勢いで事を進めてくるな、香澄さん。

見た目からして、ざっくばらんな女性かと思っていたが、余裕で想像を超えてきた。

「ごめんなさい和斗くん。覚悟を決める前に、このようなことになってしまって」

「い、いや……」

隣に座る凛香が心底申し訳なさそうに謝ってきた。

凛香のせいではないだろう、多分。

ああ、ネトゲをしたいなぁ……。

今、そう願っているのは、現実逃避の表れなんだろうか。

☆

「いやー、和斗くんは面白い子だねー！」

「そ、そうですかね？」

「うんうん。一緒に話をしていて楽しいよ」

彼女たちの母親の帰りを待つ間、俺は香澄さんと乃々愛ちゃんの相手をしていた。

リビングで寛ぎながら香澄さんの会話相手となり、じゃれてくる乃々愛ちゃんの遊び相手となる……。気を遣うし色々と大変だ。

俺は凛香の姿を求めてキッチンに目をやる。晩飯を作っていた。

普段は腰まで垂らした綺麗な髪の毛をポニーテールにし、水色のエプロンを着けている。

ここから後ろ姿を確認できるが、眺めているだけでグッと胸にくるものがあった。

「えー、なになに、凜香に見惚れてる？」

「ま、まぁ……はい」

否定するのも失礼だよな、と思い曖昧に首肯する。いや本当に可愛い。ドキドキする。クール系アイドルの家庭的な姿を見た一般人は俺が初めてだろう。

「今日はカレーなんだって！　かずとお兄ちゃんはカレー好き？」

「好きだよ。……いててっ」

乃々愛ちゃんに前髪を軽く引っ張られた。若ハゲになったらどうしてくれるんだ。

「今日のカレーは甘口だよ」

「そうなんだ。甘口を食べるのは何年ぶりだろう。乃々愛ちゃんに合わせて甘口にしているのかな」

「ううん、違うよ。わたしは激辛が大好きだもん」

「すげぇ小学生だな、味覚がイカれるぞ。……え、じゃあ香澄さんのために甘口？」

「ははは、和斗ボーイ。この私が甘口なんぞで満足できると思うかい？」

「ボーイってなんだよ。……いえ、俺のイメージだと香澄さんは辛口ですね」

「でーしょ？　つまり甘口な理由は……」

「凜香？」

「正解！」

い、意外だ。あの凛香が甘口派とは……。

激辛を食べてもケロッとしてそうなイメージだったのに。

「凛香お姉ちゃんは辛いのが苦手なんだよ！　昨日もね、うどんに付いてる唐辛子を舐めただけで泣いてたもん！」

「本当に苦手なんだな。うどんに付いてるアレって刺激が弱めのやつだろ」

なんだろ、凛香の意外な一面を知れて少し嬉しく思う自分がいる。

「私たちとしてはさ、辛いもんを食いたいわけよ。でも料理できるのは凛香だけだから逆らえないってわけ」

「へぇ。香澄さんは料理が苦手なんですか？」

「うん、むりむり！　ついこの間も、ゆで卵を作ろうと思って電子レンジでチンしたら爆発したからねー。あははは」

「わーい！　爆発爆発～！」

「それ笑い事じゃないでしょ。深刻な問題ですよ、マジで」

今の時代、卵をチンしたらダメなのは常識だろうに。

「和斗ボーイ。この言葉を覚えておくといい」

「……なんですか？」

「人生は――――爆発だ」

「それを言うなら芸術は爆発でしょ？　人生が爆発したら何もかもお終いですよ」

ケラケラと笑う香澄さんを半目で眺めていると、ガチャッと玄関のドアが開く音が聞こえてきた。お母様のご帰宅だ。

「お母さんだぁ！」

トテトテと嬉しそうに乃々愛ちゃんが駆けていく。可愛すぎかよ。

高校生だけど娘が欲しくなってくる。

そうして乃々愛ちゃんに手を引かれて現れた凛香の母親は――――。

「ぷはぁああ。あー、ヤバいヤバい。床がメッチャ揺れてるんですけどー」

……物凄く酔っ払っていた。

顔を真っ赤に染めた凛香の母親は、フラフラと千鳥足になっている。

そういえば、ついさっき香澄さんが言っていたなぁ。

友達と少し飲んでから帰宅すると。……これ、少しなのか？

「ちょっとお母さん。恥ずかしいからしっかりして」

「あはー、ごめんね凛香ー」

キッチンから駆けつけてきた凛香にコップを渡され、水を一気飲みする母親。

……この気持ちはなんだろう。

上手く言えないが全然イメージと違う。

あの凛香を育てた母親だぞ？

もっと厳格なイメージを抱いていた。

いや乃々愛ちゃんや香澄さんの性格を考えてみると、むしろ厳格なほうがおかしいか。

ということはクール系に育った凛香が異端？

でもリンのほうなら違和感がないよな。

「きーみーがぁ、綾小路(あやのこうじ)……和斗くんねぇええ？」

「は、はいぃ」

呂律(ろれつ)が回っていない。

凛香の母親が酒の匂いをプンプンさせながら近寄ってくる。

さらに俺の顔を両手でムギュッと摑(つか)んできた。

「あらぁ。可愛い顔をしてるぅ。ジャニーズの子？」

「ち、違います」

「本当に？　勿体(もったい)ないわねぇ。今から応募してみたら？」

何を言っているんだこの人は。酔っ払いすぎだろ。

「ほらお母さん。和斗くんに迷惑をかけないで」

「んぅ凛香ぁ」

凛香に引きずられてソファに座らされる母親。

とても人気アイドルの娘を持つ女性には見えなかった。

「くふふ、意外だったでしょ和斗ボーイ」

「そうっすね。……あとボーイってなんですか」

「うちのお母さん、普段は恐ろしいくらい真面目なんだけどねー。少しでもアルコールが入るか、勝負事になると別人みたいになっちゃうのよ」

「そ、そうなんですね……」

普段はどんな感じなんだろう。

ソファで凛香に介抱されている姿からは、とても普段が真面目な人には思えなかった。

とくに何かを意識するわけでもなく、俺は彼女たちの傍観を続ける。

凛香は母親と何かしらの会話を交わし、何故か俺のほうに歩み寄ってきた。

「あの和斗くん。お母さんからこれを渡してほしいと言われたのだけれど」

「え?」

どこか躊躇いがちに凛香がスマホを差し出してきたので受け取った。

すぐに後悔する。

スマホはビデオ通話になっており、画面に映し出されていたのは、メガネをかけた堅物そうな男性だった。え、まさかこの人は――――。

「こんばんは。君が綾小路和斗くんだね。私は凛香の父親、水樹幹雄です」

親父来ちゃった！　なんでだよ！

「このような形での挨拶となって申し訳ない。仕事で帰れなくてね」

「い、いえいえ」

「聞けば凛香とお付き合いをしているとか」

「あ、あの、その……。それは少し誤解がありまして……」

「誤解？」

メガネをクイッと持ち上げ、重い声音を発する幹雄パパ。プレッシャーが半端ない。

「実はその、凛香さんとはネトゲでのお付き合いでして……。リアルにおいては最近交流を始めた友達（？）みたいな関係です」

全て正直に告白する。

流されてここまで来てしまったが、さすがに父親にはハッキリと言ったほうがいい。

一番怖い存在だからこそ正直に話すべきだ。たとえ軽蔑されようとも……。

「綾小路くん」

「……はい」

「つまりは、私の家族が勝手に盛り上がってるだけだと、そう言いたいのかね？」

「ご、ごめんなさい！　そ、その……そんな感じです！」

あながち間違ってない表現だった。

ていうか事実だった。

「……」

「……」

重い沈黙が漂う。幹雄パパは自分の顎に手を添えて考える素振りを見せた。

「……綾小路くん」

「は、はい」

「君の事情は理解した。恐らく私の予測は正しいだろう」

「……？」

どういう意味だろうか。俺は幹雄パパの言葉に耳を傾ける。

「綾小路くん。私もかつては通った道だ」

「え、えと？」

「頑張りなさい」

「ど、どういう意味ですか!?　なんか達観した目をしていらっしゃいますけど！」

「先駆者からのアドバイスを送ろう。あえて出張の多い仕事を選びなさい」

「は!?」

謎の重みがある声音で幹雄パパが言ってくる。何から何まで意味が分からん。

「妻とは愛おしい存在だ。しかし毎日四六時中ベッタリされると疲れる。朝になっても疲れが抜けない」

「だから何の話だよ！　意味が分かりませんってば！」

「愛はときに人を修羅の道に追い込む…………今の言葉を胸に刻みなさい」

「ちょ、」

ツー、ツー。ビデオ通話が終了した。

「……」

なんでどいつもこいつも俺の言葉を無視して中途半端に通話を切るんだよ！

「幹雄パパ……あなたに何があったんだ……っ！」

水樹一家の闇を垣間見た瞬間だったかもしれない。

恐らく彼は凛香の母親と何かあったのだ。

その何かとは昔から続いているもので、今も変わらないもの。

幹雄パパは短い電話で、俺に何かを警告していた。

「もういいかしら和斗くん」

「あ、あぁ」

なぜか震えが止まらない右手でスマホを凛香に返却する。

もうダメかもしれない。色んな意味で。

☆

「折角なら泊まっていけばよかったのに～」

「さすがにそれは……」

「あはは。冗談だよ、冗談」

運転席に座りハンドルを握る香澄さんが、茶目っ気たっぷりに笑ってみせる。とても冗談とは思えない。

助手席に座る俺は、窓から移りゆく夜の町並みをボーッと眺める。

水樹家で賑(にぎ)やかな晩飯を終えた頃には、高校生が徘徊(はいかい)するには遅い時間帯となっていた。

俺の安全を配慮した水樹家の皆さんが泊まっていくことを勧めてくるも、俺は丁重にお断りしたのだ。

明日は月曜日、学校がある。仮に休日だったとしても泊まっていく勇気はない。

家に帰りますと告げると、香澄さんに車で送ってもらえることになった。

「こうしてさ、妹の彼氏と二人きりで話をしてみたかったんだよね～」

「まだ彼氏じゃないですけどね」

「お？　まだ、と言いましたねぇ」

「そ、そういう意味じゃないですよ」

俺が慌てて言うと、香澄さんは「うしし」っと悪戯っぽく笑った。

「和斗くんさ、他に好きな人がいるの？」

「どうしてですか？」

「いやさ、あれだけ凛香に迫られているのに理性を保ってるじゃん？　ということは本気で好きな人がいるのかなぁっと」

「好きな人は……いないですよ」

「ふぅん。じゃあすごいモテてるとか？　モテすぎるせいで凛香では満足しないパターン」

「俺、全然モテないです」

「それは和斗くんが気づいていないだけじゃないの？　もし私が和斗くんと同じクラスだったら、絶対に放っておかないけどなぁ」

「香澄さんにそう言ってもらえると嬉しいですね。冗談だったとしても」

「あはは、冗談じゃないよ。ほんとは凛香が少し羨ましいって思ってるし」

「……」

凛香が少し羨ましい。

その言葉には色んな意味が含まれている気がした。……どう返事をしたらいいんだろう。

コミュニケーション能力に自信がない俺には分からない。

「今日は色々言っちゃったけどさ、もし本気で凛香のことが嫌なら正直に言ってね。私が何とかするから」

「嫌じゃないです。自分の中で踏ん切りがついていないだけなんで」

「そっか、まあ考えるよねぇ。むしろ後先考えず、女に手を出す男の子じゃなくてよかったよ」

香澄さんは俺を横目でチラリと見て、安心したような微笑みを浮かべた。

ふざけた振る舞いをしているけど、根っこの部分は真面目なんだろうな。

この短い付き合いで香澄さんの人となりを少しだけ理解できたと思う。

「今でこそ楽しくしてるけど、以前の凛香は怖いくらい張り詰めていたんだよね」

「売れる前のことですか？」

「そうそう。凛香が中学生の頃だね」

あのときは本当に大変だったな～と香澄さんは遠い目をしながら言った。

その話は以前、胡桃坂さんからも食堂で軽く聞いた気がする。

「昔のスター☆まいんずは、これっぽちも人気がなかったわけよ。なんていうか、勢いはあるけど、ほんとにそれだけって感じでさ。それぞれ何かに突出した才能はあるけど、全く活かせてなかったんだよね」

「そうだったんですか」

「うん。メンバーたちで言い争うことも多かったみたい」

「本当ですか？　今は全くそんな風には見えないですよ」

　事実、世間からも仲良しグループと認識されている。

「今はすごく仲良しになってるよ。けど一時期はヤバかったかなぁ」

　香澄さんは運転しながら言葉を続ける。

「ほら、奈々ちゃん居るでしょ？　あの子、毎晩泣きながら悩んでいたからね。とくに凛香をアイドルの道に誘った者として負い目を感じていたみたい」

「え、あの胡桃坂さんが？」

「そう、あの奈々ちゃんが」

　日頃から元気いっぱいの姿を披露する胡桃坂さんからは、泣いたり悩んだりしている姿を全く想像できない。それだけ一時期は追い込まれていたということか。

「どうして香澄さんがそんなことを知ってるんですか？」

「電話で何度か奈々ちゃんの相談に乗っていたの。凛香と奈々ちゃんは小学生の頃からの知り合いでしょ？　だから私とも繋がりがあったわけ」

　……うそやん。香澄さんが相談に乗っていた？

「あれ、もしかして疑ってる？　こう見えても私は頼りになるお姉さん的な存在なんだけどなー」

　俺としては、まだクレイジー寄りの女性である。

「あの、俺が知っていいことなんですか？　胡桃坂さんが泣いてたとか……」

「君は知る必要があるんじゃないかな。自分がどれだけ彼女たちに影響を与えていたのか……ね」

「俺はネトゲをしていただけですよ」

「それを言うなら彼女たちもアイドル活動していただけじゃん」

「いや全然重みが違いますよ。ラノベと純文学ぐらい重みが違います」

アイドルとして日々努力するのと、毎日ネトゲで遊ぶのでは人間として雲泥の差がありそうだ。詳しくは分からないけどアイドルは本当に大変だと思う。見知らぬ人たちから好き放題言われることもあるだろうし。

「昔の凛香はねー、スター☆まいんずが成功しないのは全部自分のせいだって思い込んで、バカみたいに一人で猛練習してたの」

「なんか、想像できますね……」

「そこで私は提案したのよ。気晴らしにネットゲームでもしたら、って」

「えっ」

「ネットゲームなら顔や名前は分からないし、気兼ねなく他人と遊べるでしょ？　だから息抜きとして提案したのよ。ま、私はネトゲしたことないんだけどねー」

「したことないのに勧めたんですか……」

凛香のネトゲデビューのキッカケは香澄さんだったのか。衝撃の事実。

「最初は凛香も渋ってたんだよ？　ネトゲする暇があるなら歌の練習するわって眉間にシワを寄せながら言ってね。……でもある日、前触れもなく言ったんだよね。ネトゲが楽しいって」

「……」

「ずっと苦しそうな顔をしてた凛香が、久々に笑った顔を見せてくれたんだよ。あれは嬉しかったなぁ」

微笑を浮かべ、香澄さんは感慨深そうに呟く。

当時の凛香を知らない俺ではあるが、香澄さんの安心したような顔を見れば、どれほど深刻だったか少しは想像できる。

「今にして思えば凛香が笑ったあの日から、スター☆まいんずの快進撃が始まったんだよね」

「快進撃、ですか」

「うん。あ、いきなり大ブレイクしたわけじゃないよ？　まずはメンバーたちの仲直りから始まって、それから徐々に仕事が貰えるようになって……そして、ある日を境にドカンと火がついたって感じかな」

「……」

「彼女たちは頑張ってるよ、本当に」

その通りだと思う。

あの輝かしい笑顔は、途方もない努力と苦労で成り立っているのだ。

「ま、つまりあれだよ、和斗くん。スター☆まいんずが成功したのは、和斗くんのおかげ」

「いやいや、なんでそうなるんですか」

「これは奈々ちゃんから聞いた話だけど、凛香が良い意味で変わったから、他のメンバーも影響されて前向きになれたんだって。それがなかったら解散していたかもね」

「はぁ……？」

「んー、分かんない？　和斗くんがネトゲを通じて凛香を変えたことで、スター☆まいんずも救われたんだよ」

「いや、さすがに言いすぎでは？」

ようするに香澄さんは、こう言いたいのだ。

俺のおかげで凛香は立ち直り、延いてはスター☆まいんずの成功にも繋がったのだと。

「言いすぎじゃないよ。確かに頑張ったのは彼女たちだけど、立ち直るキッカケを与えたのは間違いなく和斗くんだよ」

……俺、ネトゲで遊んでいただけなんですが。

「この間、奈々ちゃんが電話で言ってたよ。カズくんには感謝してるって」

なるほど、そういうことか。胡桃坂さんが俺に信頼を寄せる理由が分かった。
恐らく香澄さんと同じことを思っているのだろう。
スター☆まいんずの成功は、綾小路和斗のおかげだと。
過大評価だ。俺は楽しくリンと遊んでいただけ。それ以上でもそれ以下でもない。
「……」
自然な雰囲気で話は途切れる。
静かな走行音だけが響く車内において、俺は窓ガラスに映る自分の顔を見つめた。
どこにでも居そうな男だな。
……こんな奴が、大人気アイドルグループ、スター☆まいんずの救世主？
はは、何の冗談だよ。
平凡な男には重すぎる事実に、俺は口を閉ざすしかなかった。

六章

それを好きって言うんだよォ！

My wife in the web game is a popular idol.

「カズくんが好きです。私と付き合ってください」

清々しい晴天。心地よい陽光が降り注ぐ学校の屋上。俺、綾小路和斗は……。

胡桃坂奈々から――告白されていた。

彼女は顔を真っ赤に染め上げ、恥ずかしげに震える両手でスカートを握りしめている。

その決意に満ちた瞳からは、溢れんばかりの想いが伝わってきた。

「胡桃坂さん……」

「凛ちゃんを裏切りたくない。でもね、どうしても気持ちが抑えられないの」

大切な友人に対する想いと己の恋心で揺れているのだろう。

胡桃坂さんは目にうっすら涙を滲ませ、本音を吐き出す。

「全てを捨ててもいい……。カズくん、私と付き合ってください」

「……」

どうするべきだ。いや悩むまでもない。

なぜなら俺には――。

「カズくん！」

不意をつくように、胡桃坂さんが俺の胸に飛び込んできた。

思わず受け止めてしまう。なんて柔らかくて小さい体だろうか。

「もしも凛ちゃんより先に、私とカズくんが出会っていたら……どうなっていたのかな？」

「それは……っ」

俺の胸にしがみつく胡桃坂さんが、潤んだ瞳で見上げてくる。

途方もない魅力と儚さを前にして言葉を失った。

「カズくん……」

胡桃坂さんが背伸びをし、グッと顔を寄せてくる。キスするつもりか。

「……っ」

反射的に逃げようとするも、なぜか体が麻痺したように動かない。凛香——っ。

抵抗ができず、胡桃坂さんの唇と俺の唇が重なろうとした瞬間——。

ピピピピピ！

強烈な目覚ましの音が響き渡り、周囲の世界を霧散させる。

もしやと思い瞼を開ければ、見慣れた天井が視界に映り込んだ。

「………夢かよ」

☆

「かーっ、勿体ねぇ！　なんつーか、その勿体なさが綾小路らしいよな」

「どういう意味だよそれ……」

　例のごとく朝の教室。他愛もない雑談の流れで、今朝の夢の話を橘と斎藤に聞かせていた。どんなリアクションをするのか予想していたが、橘は予想以上のリアクションを見せている。呆れたと言わんばかりに首を振っていた。

「でも綾小路くんはキスされる寸前、水樹さんを思い出して逃げようとしたんだよね？」

「まあ、うん」

　俺は躊躇いがちに頷く。

「それってよ、ガチで水樹に惚れてんじゃねえの？　ファンってだけなら、別に逃げたりしねーって」

「どうだろうな……」

「つーか、お前は真面目すぎんだよ。俺なら奈々ちゃんとチューした後、水樹と付き合うけどな。がははは！」

「うわぁ……（ドン引き）」

「ガチで引いてんじゃねーよ！　男として当然の欲望だろうが！　なあ斎藤？」

「いや僕も誠実でありたいかな。たとえ夢の中だとしてもねっ」

「裏切りやがったなテメェ！」

腕を組んでカッコつける斎藤に、橘はツバを飛ばしながらキレかかった。平和だなー。

橘と斎藤の言い合いを聞き流し、俺は最前席に座る凛香を見つめる。相変わらず綺麗な姿勢で、びしっと背筋が伸びていた。もう雰囲気からして完璧なクール系女子である。

人気アイドルの風格もプラスされて、後光が差しているように見えた。

「────あ」

脈絡なく、クルッと凛香が振り返る。目が合った。

いつもならほんの数秒見つめ合い、何かしらのリアクションを返すところ。しかし……。

「……」

凛香は、すぐさま視線を前に戻した。……なんだか素っ気ないな。

考えすぎかもしれないが、凛香の家族と会った日から、凛香に距離を置かれている気がする。チャットも以前に比べてノリが悪いというか会話が続かないというか……。

そんな風に頭を悩ませていると、胡桃坂さんから連絡が来たのでスマホを取り出した。

『今、凛ちゃんとどうなっているのか報告してください！　仲良し大作戦の指揮官である私には、二人の関係を知る義務があるのです！　今日のお昼休み、例の場所に集合！』

まだ仲良し大作戦は続いていたらしい。そして胡桃坂さんは指揮官のつもりだったようだ。もう文面からしてノリノリである。

多分凛香から色々話は聞いているだろうが、俺からも話を聞きたいのだろう。

こちらも最近の凛香が素っ気ないことについてアドバイスが欲しかったところだ。

俺は『了解、指揮官！』と返信し、昼休みを待つことにした。

☆

例の場所とは屋上前の踊り場のことだ。昼休み、胡桃坂さんより先に来ていた俺は、階段の真ん中辺りに腰を下ろして待つことにする。

「最近、人気アイドルと会うことが普通になってきたな……」

本当の意味で俺の日常は激変した。ネトゲ三昧だったあの日々からは想像もできない。

そういえば琴音（ことね）さんはどうしているのか。あれから一度も姿を見ていないぞ。

「カズくん？」

すぐ目の前から呼ばれ、顔を上げる。まさに鼻の先に胡桃坂さんの顔があった。不思議そうな表情をして、こちらの顔を覗（のぞ）き込んでいる。

「うわ、と……っ！」

すぐに今朝の夢が思い出された。

胸元に飛び込んできた胡桃坂さんが、その唇を――。

「大丈夫？　カズくんの顔、真っ赤だよ？」

「だ、大丈夫だ。なんでもない……ッ！」

以前も思ったが、胡桃坂さんは距離感が近すぎる。

無警戒、とも言えるだろう。毎回距離が近くて焦ってしまう。

「本当に大丈夫？　顔、真っ赤だし……熱でもあるのかな」

そう言いながら胡桃坂さんは、俺の額に手を当てる。

ヒンヤリとした、柔らかい女の子の手だった。嫌でも心臓がドクンと跳ねる。

「うーん、少し熱い……かなぁ？　しんどくない？」

「いやほんと大丈夫だから……」

「……分かった。カズくんがそう言うなら信じるね。でも無理したらダメだよ？」

優しく言う胡桃坂さん。けど原因は貴方（あなた）ですよ？

そう言えない俺は、体を硬直させ、額から手を離してくれるのを待つ。

いくら女子と話すことに慣れてきた俺とはいえ、触れられたりしてはピュアな心臓が悲鳴を上げるのだ。もう少し優しく扱ってほしい、それこそ割れ物を運ぶように。

「ところで、俺に聞きたい話があったんじゃないのか？」

「うん！　先週、凛ちゃんの家に行ったんだよね？」

俺の額から手を離した胡桃坂さんが、目を輝かせて食い気味に尋ねてきた。

「あー、凛香から聞いたのか？」

「香澄さんから報告がありましたっ！」

あの人、口軽いなぁ。らしいと言えば、らしいけども。

「それとね、凛ちゃんからも話は聞きました。次はカズくんの話を聞きたいかなぁ」

「普通に恥ずかしいんですけど」

「私は仲良し大作戦を指揮する者として、二人の関係を把握しておかなければならないのです！　さあ喋っちゃいなさいっ！」

「めっちゃノリノリじゃん……」

女子は他人の恋愛事情が大好物と聞くが、それは大人気アイドルの胡桃坂奈々も例外ではないようだ。ぐいぐいと迫ってくる。

俺は水樹家での一日を語ることにした。

まず浮気を疑われたこと。乃々愛ちゃんにお兄ちゃんと呼ばれたこと。香澄さんから凛香のことをお願いされたこと。酔っ払ったお母さんが帰ってきたこと。そして幹雄パパの存在。

あの幹雄パパの意味深な発言は、いったい何だったのだろうか。

今でも分からない。

いや、脳が理解することを拒否している。

「もう家族公認だね。それで、二人はまだ付き合ってないの？」

「まあ、うん……。それに最近の凛香、素っ気ないんだよな。距離を置かれているというか何というか」

「凛ちゃんが素っ気ない……。その理由、指揮官である私が教えてあげましょう！」

ドン、と胡桃坂さんは自信満々に自分の胸を叩いた。

「凛ちゃんはね、後悔してるの」

「後悔？　何に対する後悔でしょうか、指揮官」

「カズくんを家に誘ったことだよ」

まだ意味が分からなかったので、胡桃坂さんの言葉に耳を傾ける。

「凛ちゃん言ってたでしょ？　カズくんが感情の整理ができるまで待つって。なのにね、家族公認になっちゃったから、すごく気にしてるの」

「それ、直接凛香から聞いたのか？」

「うん。あとで冷静になって後悔してるみたい」

あのとき、どうしてあんなことを言ってしまったのか。そんな類の後悔だろう。

「意外と気にするタイプなんだな、凛香って」

「そんな素振りは見せないけどね。凛ちゃんは自分を通そうとする強い一面があるけど、ほんとうは優しくて……それに、繊細なところもあるの」

繊細？　あの凛香が？　と首を傾げそうになるが、すぐに心の中で納得する。

ネトゲや現実に純粋な付き合いを求める凛香は、普通の人よりも純粋かつ繊細な一面を持つと言えるだろう。クールだからと言って、内面が冷たいというわけではない。

「こうなったら、指揮官である私が一肌脱ぎましょう！」

「何をお考えですか、指揮官」

「まずカズくんと凛ちゃんにはデートをしてもらいます！　それも甘酸っぱく、きゅんきゅんするような初デート！」

「無理です！」

「可能です！　私が完璧なデートプランを考えるから任せて！」

「む、無理無理！　デートとか……ほら見てくれ、もう手汗が滲んできた！」

俺は汗でグッショリとなった手の平を見せつける。

凛香とデートする、そう考えただけで緊張してきたのだ。

「それにデートは色々と問題があるだろ？　人気アイドルの凛香と俺が歩いてたら絶対騒ぎになるって。ＳＮＳで写真を拡散されたりさ」

「んー、変装すれば大丈夫だよ」

「変装してもバレると思うぞ。人気アイドルのオーラは半端じゃない。凛香と胡桃坂さんは光り輝いて見えるからな」

「あはは、大げさだよカズくん。私たちは普通の女の子だってば」

絶対に普通じゃない。

しかし胡桃坂さんは謙遜をしているわけではなく、心の底から言っている様子だった。

この嫌味のない感じが人気の秘訣なんだろうな。

明るくフレンドリーだからこそ、こちらも気後れせず普通に接することができる。

「意外とね、バレないよ。あとは自分の雰囲気を変えることも大切かなぁ。場に馴染むっていうのかな、上手く言えないけどそんな感じだよ」

「なるほどなぁ」

アイドル事情に疎い俺は、よく分からないまま相槌を打つ。

胡桃坂さんがそう言うなら、そうなんだろう。

「う～ん。それじゃあ、ネトゲでデートしよっか！　ネトゲなら緊張しないでしょ？」

「いやデートってだけで、緊張してくる」

「えー。いつも凛ちゃんと遊んでるのにぃ？」

「そう言われてもな……。デートってなると、どうしても意識しちゃうんだよ。それに今、凛香と微妙に気まずくなってるしさ」

「それなら私も二人のネトゲデートに参加して、全力でサポートするよ。……それでも難しいかな？」

　俺の機嫌をうかがうように、胡桃坂さんは下から覗き込むようにして尋ねてきた。

「……どうしてデートなんだ？」

「デートしたら、カズくんの気持ちがハッキリするかなーって思ったの。やっぱり、余計なお節介かな……？」

「そこまでは思わないけど……」

　イヤな気持ちではない。少しばかり胡桃坂さんの勢いに戸惑っているだけだ。この行動力に、ネトゲばかりしていた俺はついていけない。

「私、凛ちゃんに幸せになってほしいの。カズくんも幸せになってほしいし、恩返しをしたい。私を、私たちを助けてくれた——恩返し」

　その真剣な声音から、胡桃坂さんの素直な想いが伝わってきた。嘘偽りないと確信できる。今の言い方から察するに、あの日の帰りの車内での俺と香澄さんの会話を知っていそうだ。それも香澄さんから聞いたのだろうか。

「俺はネトゲをしていただけだぞ」

「それでも、だよ。私はカズくんを信頼してる。だから親友の凛ちゃんを任せたいって思えたの」

「どうして俺を信頼できるんだよ……」

「んーとね、凛ちゃんの好きな人っていうのが大きいけど、一番はカズくんの雰囲気かな」

「雰囲気？　存在感が薄いとか？」

「あはは、そういうことじゃないよ。なんだかね、カズくんの雰囲気ってすごく安心するの。居心地が良いって言うのかな……。そういう雰囲気の人は、信頼できる人なの」

胡桃坂さんは俺の目を見つめて断言する。

人気アイドルとしての、人を見極める能力だろうか。

そこまで言われては卑下する気にもならない。

「もちろんカズくんの気持ちが一番大切だよ。もしデートがイヤなら、断っていいからね」

「イヤ……じゃない」

「ほんと？　無理、してない？」

「ああ。凛香と今よりも仲良くなりたい、その気持ちはハッキリしている」

この気持ちはリンの正体を知る前からのことでもある。

けれど、『水樹さん』に話しかける勇気が俺にはなくて、ずっと背中を眺めるだけだった。そんな情けない俺を、胡桃坂さんは優しくフォローしてくれているのだ。

「よし！　仲良し大作戦、最終フェーズに突入するよ！」

俺の気持ちを確かめた胡桃坂さんは、高らかに宣言する。

どうでもいいが……最終フェーズと言うほど、仲良し大作戦に中身はなかった気がした。

☆

平日の晩。約束の時間となり、【黒い平原】にログインする。

俺と凛香によるネトゲデートの日だ。胡桃坂さんが居ることも忘れてはならない。

「こんばんは、和斗くん。今日はインするのが早いわね」

ボイスチャットルームで待機していると、ログインした凛香に声をかけられる。

俺に負い目を感じているらしいが、喋り方はいつもと変わらないな。

「毎回遅刻するわけじゃないぞ。一番乗りのときもある」

「そうね……」

それっきり、凛香が何かを話すことはなかった。……気まずっ。

これも俺がハッキリしないせいなのか。

「ねえ和斗くん、率直に聞きたいのだけれど」

「なに？」

「私のこと、嫌いになってない？」

「い、いやいや！　そんなことないって！」

とてもクール系アイドルとは思えないほど不安に満ちた言葉に、俺は動揺しながら否定する。

「そう……。和斗くんは優しいから、そう言ってくれる気がしたわ。だから、私は甘えていたのね。和斗くんに……そして『夫婦という関係』に」

「え？」

「え？」

お互い聞き返し、しばしの沈黙が流れた後、再び凛香は口を開く。

「夫を自覚する前に家族公認になってしまって、申し訳なく思っているわ」

「あ、はい」

とりあえず凛香は平常運転な気がする。

「お待たせ！　ごめんね、少し遅れちゃった！」

トークルームの入室音とともに、胡桃坂さんの声を耳にする。

【黒い平原】のほうでも『シュトゥルムアングリフさんがログインしました』とチャット欄に表示された。

「じゃあ、とりあえず集合するか。場所は王都の噴水広場だよな」

散り散りになっていた俺たちは集合場所に足を運ぶ。

王都とは、ストーリーの序盤で行くことになる大陸一の都市だ。あらゆる種族（ＮＰ

C）とプレイヤーが行き交う王都は、商業地区や居住地区といった多くの地区で構成されており、ハウジング要素やプレイヤー同士の取引も充実している。
恐らく殆どのプレイヤーが、この圧倒的に作り込まれた都市に驚くことだろう。

とくに噴水広場は都市の中央に位置しており、様々な目的を持ったプレイヤーが通ることになる。つまり人が最も多く集まる場所だ。

俺たち以外にも待ち合わせをしているプレイヤーが居たり、ギルドのメンバーが集会していたりする。中にはエモーションでダンスを披露している猫耳の女性キャラも居た。

『カズくん！　リンちゃんの見た目を褒めてあげて！』

突如、胡桃坂さんが個人チャットで指示してきた。

俺は画面内に映る金髪エルフのリンを見つめる。

いつもは典型的なエルフの民族衣装っぽい格好をしているが、今日は森林をイメージしたような可愛らしいワンピースを着ていた。ちゃんとデートを意識しているらしい。

とか言う俺もカジュアルな服装に着替えている。

ついでに言うと胡桃坂さんが操作する筋肉ダルマのオッサンは、高級感あふれる黒いタキシードを着ていた。それ、課金限定の服じゃないかっ。

『早く褒めてあげて！』

こちらの気も知らないで……ッ！

女子を褒めるとか恥ずかしすぎるだろ。

そう思うが、胡桃坂さんは俺たちのためにデートプランを考え、このようにアドバイスしてくれているのだ。その気持ちに応えねば！

俺はスーッと息を吸い込み、「……きょ、きょきょ……今日のリンも……か、可愛いですっ」と、盛大にかみまくった。………誰か俺を殺してくれ。

「ありがとうカズ。そう言ってもらえて本当に嬉しいわ。見た目を褒めてもらえたのは初めてじゃないかしら」

凛香の弾むような喜びに満ちた声を耳にする。慰めとかではなく本音だ。

思えば俺は凛香を容姿で褒めたことがない。

それは、奥さんという立場からしたらすごく悲しいことではないだろうか。

実際はどうであれ、凛香は夫婦のつもりでいるのだから……。

まだデートは始まったばかりだが、胡桃坂さんは俺に大切なことを気づかせてくれた。

次からも指示に従おう。

『カズくん！　次のミッションだよ！　キスして！』

褒めた矢先にっ！　つーか、【黒い平原】にそんな機能ねえし！

『カズくん！　キス！』

『とち狂ったのか!?　急に何を言い出すんだ！』

いくら勢い重視の元気系アイドルとはいえ、これは暴走しすぎだろ！

「今回、奈々がデートプランを考えたのよね？」

「うん！　二人はデートしたことないんでしょ？　だから私がデートを教えます！」

「教えるって、奈々もしたことないじゃないの」

「ないけど知識は豊富だから！」

そう自信ありげに言った胡桃坂さんに、凛香は「知識って、それは漫画仕込みの知識でしょうに……」と半ば呆れたように呟いた。

「ふふん。最高にドキドキするデートをさせてあげるからね！」

その自信は一体どこから生まれるのか。

まあ胡桃坂さんのおかげで、俺と凛香の間にあった微妙な空気が消し飛んでいる。

それだけで俺は満足だった。

☆

胡桃坂さんに案内された場所は、【黒い平原】内において最も高いとされる山の頂上だった。ここは【黒い平原】のストーリーに絡んでこない上に、サブクエストが発生する場所でもない。普通にプレイしていれば、まず来ない場所だ。

そう、普通にプレイしていれば……。

ただまあ、この山の頂上から眺める景色は素晴らしいの一言に尽きる。

澄み渡った青空、世界を照らす黄金の太陽、どこまでも広がる緑豊かな平原……。

リアルなグラフィックを売りにする【黒い平原】だからこそ表現できる壮大な景色だろう。

「すごいでしょ、ここ！　掲示板で『おすすめのデートスポットありませんか？』って聞いたら、【こーとね様】さんが教えてくれたの」

こーとね様？　どこかで聞いたことがある名前だな……。

「確かに景色は綺麗ね。何度眺めても素晴らしく思うわ」

「あれ？　リンちゃん、ここに来たことあるの？」

「ええ、何度もカズと来ているわ」

「なーんだ！　二人は既にネトゲデートしていたんだね！」

と、次の瞬間、巨大な影が俺たちを覆う。陽光が遮断されて周囲が暗くなった。

「え？　もう夜になったの？」

「私とカズがここに来ていたのはね、景色が目的じゃないの」

「えーと、リンちゃん？」

戸惑う胡桃坂さんだが、すぐに真実を知ることになった。

「ギャピ————ッ！」

鳥の甲高い鳴き声が響き渡る。それは、俺たちを覆う影から聞こえる。

「え……」

空を見上げた胡桃坂さんは、間抜けな声を漏らす。

山のように巨大な鳥が、俺たちを鋭い瞳で見下ろしていた。

パソコン画面に収まらないほどの大きな翼をはばたかせ、上空に留まっている。

モチーフになっているのは鷹だろうか。黄色く鋭いクチバシに、茶色がかった大きな翼。

赤い瞳からは殺意しか感じない。

「わわっ！　なに、この子！」

「ワールドボスよ」

「わ、わーるどぼす？」

「プレイヤー数十人がかりで倒す、最強のモンスターと言えば分かりやすいかしら。ここは、ワールドボスの湧き地点なのよ」

「え、えぇえええ！　デートスポットじゃないの!?」

「違うわ。奈々は騙されたのよ、こーとね様とやらに」

「そ、そんな〜……」

まあネットあるあるだな。うそはうそであると見抜ける人でないと（掲示板を使うのは）難しい、とか言われるくらいだし……。

「ギャピ――――ッ！」

なにやらワールドボスの翼が神々しく光り始める。

あれは溜め――――強烈な一撃が来るぞ……ッ！

「奈々、逃げて！」

「え、え、どこに、どこに逃げたらいいの!?」

「近くに岩があるでしょう？　そこから3歩下がった場所が安置なの！　早く逃げて！」

「岩ってどこ？　ねえ、リンちゃん――――あっ」

「ギャピ――――ッ！」

ワールドボスの翼から、大剣を彷彿とさせる巨大な羽が放たれる。それも数えきれないほどの数。無数の輝く大剣が降ってくるかのようだ。

パソコン画面の全体が光り輝き、視界が塗り潰される。

この攻撃は初見殺しと言っていい。安置を知らなければ絶対に殺される。逆に知っていれば問題なく回避できるのだが……。

『パーティメンバー：シュトゥルムアングリフさんが倒れました』

無情にも死亡のお知らせがチャット欄に流れてしまう。

デートスポットに来たはずが、とんだ地獄に来てしまったものだ。

「もう！　なんでこうなるのー！」

☆

　ワールドボスからの逃走に成功した俺と凛香(りんか)は、生き返った胡桃坂さんの案内でデートスポット巡りをする。これに関してとくに言うことはないだろう。

　綺麗な景色を眺めて「綺麗だねー」と言ったり、スクリーンショットで遊んだり……。

【黒い平原】は、キャラのモーションやポーズ、スクショ機能が充実しているため、このような遊び方もできる。

　当初の気まずさを忘れて楽しい時間を過ごし、あと三十分ほどで解散する頃合いとなったときのこと。

「凛香おねーちゃん！　お母さんが呼んでるっ！」

　乃々愛(ののあ)ちゃんの声が、凛香のマイクを通して聞こえてきた。

　どうやら母親に呼ばれてしまったらしい。

「ごめんなさい。しばらく離席するわ」

　そうして凛香はログインしたまま立ち去り、俺と胡桃坂さんだけが残される。

　唐突に訪れた静寂と寂しさを持て余していると、胡桃坂さんが落ち着いた声音で質問を投げかけてきた。

「どうかな、カズくん。凛ちゃんへの好意、自覚できた？」

「ごめん、普通に楽しんでた」

「えぇ……。ここまで来ると少し自信なくなってくるかも。カズくんにとって、凛ちゃんは友達でしかないのかなぁ」

胡桃坂さんが悲しげに言うが、俺にはどうしようもない。

好きでもないのに好きだとは言えないしな。

それに今回は三人ということもあって、遊びのノリになっている。

好意を自覚する機会はなさそうだ。

「カズくん。私から一つ聞いていい？」

「どうぞ」

「ネトゲのリンちゃんのこと、どう思っているの？」

「え？」

どう思う……それはどういう意味だろうか。

「カズくんはアイドルの凛ちゃんをすごく尊敬しているんだよね？　じゃあネトゲのリンちゃんをどう思っているのかなーって。二人にとって、ネトゲは純粋な心のやり取りができる世界なんでしょ？」

「まあ、そうだな」

ぶっちゃけ俺はそこまで深く考えていない。

でも否定することではないし、言われて納得できる言葉でもある。

「ならカズくんがネトゲのリンちゃんをどう思っているのか……そこが重要になるんじゃないかな」

「なるほど、言われてみればそうだ。俺はリアルの凛香をどう思っているのか、そのことばかり考えていた」

「でしょ？　どうなのカズくん」

俺がリンをどう思っているのか。

そんなこと、考えるまでもない。

「ずっと一緒に居たい存在……かな」

「え？」

「え？」

「「……」」

俺、何か変なことを言ってしまったのだろうか。

この不思議な沈黙を破るように、胡桃坂さんがおずおずと尋ねてきた。

「そ、そのね、カズくん。ネトゲのリンちゃんと居て……ドキドキしたりする？」

「する。でも嫌な感じではないんだよなー。心地よいドキドキ感というか、一緒に居て満たされるような感じかな」

「……」

「ま、俺とリンは結婚するほど仲が良いからな。やっぱ他のフレンドと比べてもリンは特別な存在だよ」

「カズくん……」

「ん、なに？」

「そ、それを……」

「それを？」

「それを、好きって言うんだよ――――！」

「え、え？」

「あーもう！　最初にネトゲのリンちゃんをどう思っているのか聞いておけばよかった！　無駄な遠回りをした気分だよ！」

「えと、胡桃坂さん？」

「無自覚！　無自覚で好き！　今日からカズくんのこと、無自覚カズくんと呼びます！」

急に何を言い出すんだ胡桃坂さんは。声も大きいし。

「いや……好きとかではないだろ。仲の良いフレンドだってば」

「じゃあカズくん、リンちゃん以外のフレンドさんと結婚したいって思ったことある？」

「ない。ていうか考えられない」

「でしょ!?　そういうことだよ！」

「いやリンぐらい仲の良いフレンドが他に居ないだけだって」

「だからそれを特別な人と呼ぶんだよ！　この無自覚カズくん！」

「えぇ……」

エネルギー全開で畳み掛けるような口ぶりに、激しく困惑させられる。

どうも胡桃坂さんは意地でも俺は凛香が好きだということにしたいらしい。

「カズくんはアイドルの凛ちゃんも好きなんだよね？」

「まあ、好きというかファンだな」

「どんなところが気になったり、可愛く思えたりするの？」

「全部、かな。全部。凛香の存在が可愛い」

最初はクールな振る舞いに目を奪われていたが、恐らくクールじゃなくても凛香のことが気になっていたと思う。凛香の一挙手一投足を見ているだけで心が癒されるのだ。

「全部可愛いって……それ、やっぱり凛ちゃんが好きなんじゃないの？」

「いや、ファンとしての想いだってば」

「本当に？　じゃあ想像してほしいんだけど、まずカズくんは凛ちゃんと同じくクラスになりました」

「はい」

　ようは高二の始まりを思い出せばいいんだな。

「でも凛ちゃんはアイドルではありません。一般人です。さて、カズくんは凛ちゃんをどう思いましたか？」

「変わらず可愛いけど？　もうずっと自分の席から凛香の後ろ姿を眺めてる」

「……自分で言ってて何も思わないの？」

「え？」

「それ、好きな人に対する行動だよ」

「――――なんだとっ」

　ズガガーン！　凄まじき雷が俺の身に落ちた。

「凛ちゃんのこと、ずっと目で追いかけてたでしょ？　あー今日も可愛いなー、せめて挨拶くらいしたいなーって思いながら」

「え、なんで分かったんだ！　思考盗聴したのか!?　頭にアルミホイル巻くぞ！」

「思考盗聴しなくても分かるよ！　ていうか思考盗聴ってなに!?」

　珍しく胡桃坂さんからツッコミを入れられる俺だった。

「あ、私、分かったかも！　どうしてカズくんがアイドルの凛ちゃんを気にかけるようになったのか、その理由が分かった！」

「一応聞くよ。その理由って？」

「カズくんはリアルの凛ちゃんから、ネトゲのリンちゃんを感じたんだよ！」

「そんなバカな……」

「でもカズくんは凛ちゃんと同じクラスになるまでアイドルに興味なかったんでしょ？」

「うん」

「やっぱりそうだよ！　リアルの凛ちゃんからネトゲのリンちゃんを感じ取ったんだ！　そして鈍感なカズくんは自分の恋心をファンとして応援する気持ちと勘違いしちゃったんだね！」

「いやー、それはないだろ。そこまで俺はバカじゃないぞ」

「じゃあどうしてアイドルに興味のなかったカズくんが、急に凛ちゃんを応援するようになったの？」

「それは……同じクラスになって、生でアイドルを見たからじゃないか？」

凛香と同じクラスになるまで俺はアイドルを生で見たことがなかった。

テレビでチラリと目にしたことがあるくらいか。ほぼ無関心だったと言える。

「ならカズくん。凛ちゃんと同じくらい、私のことも応援してくれてる？」

「してないです」

「バッサリ！　悲しいけど予想通りだよ！」

「いや応援はしてるぞ。友達だしな」

「それは嬉しいです！　ありがとね！　でも凛ちゃんほどではないでしょ？」

「まあ、うん……。それに胡桃坂さんに言われて気づいたけど、俺、アイドルそのものには興味なかったかも。アイドルとして頑張る凛香を応援していただけな気がする」

「それも好きだからじゃないの？」

「……」

ついに反論できなくなった。

色々と指摘され、『あれ？　俺、好きという感情を友人に対するそれやアイドルに向ける憧れと勘違いしていたのでは？』と思うようになっていた。

……そんなバカなこと、ある？

んー、でも恋愛作品にはよくある展開だよな。

『実は私、あいつのことが好きだったんだ』みたいな……。

うん、女性側ですね。男では少ないかも。

「話をまとめます！　カズくんは、ネトゲのリンちゃんが大好きで、アイドルの凛ちゃんも大好きで、もう全部大好きなんだよ！」

「え、えと、つまり？」

「つまりカズくんは……凛ちゃんそのものが大好きなんだよ！　もうベタ惚れだよ！　凛

ちゃんがどんな姿になってても好きになってるんだから！」

「――――なんだとっ！」

ズガガーン！　再び雷が俺の身に落ちる。

一度、頭の中で整理してみよう。

まず俺は、いつまでもリンの傍に居たいと思っている。

一緒に居ると楽しいし、一緒に居るのが当たり前になっていた。

そしてアイドルの水樹凛香を見たその瞬間、俺はファンになった。

それは強烈な憧れだった。

今考えれば、これが少しおかしい。

俺は可愛い子を見ても『あ、可愛いな』と思うだけで、それ以上の感情は湧かない。

事実、スター☆まいんずのミュージックビデオを観ても凛香以外のメンバーには目が向かないし、食堂で初めて胡桃坂さんを見たときも可愛いとしか思わなかった。

そんな俺が、一目見ただけで凛香のファンになってしまった。

それまでアイドルに関心を示さず、ネトゲにしか興味がなかった俺が……。

「すごいよカズくん！　何の情報もなしに、ネットとリアルで同じ人を好きになったんだよ！」

「ま、まじか」

「しかも無自覚！　カズくんは無自覚で凛ちゃんの全部を好きになっていたんだよ！」

「お、ぉぉ……」

「うん、ほんとにすごいかも。凛ちゃんのカズくんに対する思いもすごいけど、カズくんも全く負けていないというか……なんなら上回ってるよ！」

「……」

「くはー！　こんな尊い恋愛、今まで見たことがないよ！　カズくん可愛すぎっ！」

「……えと、なにが？」

「ほらもうツッコミすらできなくなってる！　いつものカズくんならここで『うるさいぞ胡桃坂さん！　動物で言うたら発情したメス猫くらいうるさいぞ！』ってツッコミを入れてるよ！」

いや俺は女の子に発情とか言わないから。

あと胡桃坂さんのツッコミのクオリティに驚かされる。

「もう一度聞くね。凛ちゃんのどこが好きなの？」

「ふ、雰囲気とか、見た目とか、綺麗な声とか……振る舞いとか……性格とか……まあ、全部です」

「それは凛ちゃんがアイドルじゃなくなっても変わらないんだよね？」

「……変わらないな」

「ほらほら！　やっぱりカズくんは凛ちゃんが大好きなんだよ！　それもアイドルとか関係なく、凛ちゃんそのものが！」

え、えぇ～～～。まじ？

俺が戸惑っていると、胡桃坂さんが優しく諭すように語りかけてきた。

「あのね。一緒に居たいという気持ちを好きって言うんだよ」

「……そ、そうなのか」

「恋愛って、容姿や身分が分からなくても成立するんだね。……ううん。そもそも恋愛には、そんなの必要ないのかも。凛ちゃんの言う『純粋な心の付き合い』の意味、ようやく分かったよ」

なにやら胡桃坂さんは納得した様子だが、俺はそんな場合ではない。

今、凛香に帰ってこられたら、とても平静を保てる気がしな――――。

「ただいま」

その声を聞いた瞬間、心臓がバクンと跳ね上がった。

「おかえりリンちゃん」

「遅くなってごめんなさい。さて、次はどこに行こうかしら」

「いえ、どこにも行きません！」

「え、どういうこと？」

高らかに宣言した胡桃坂さんに向かって、凛香は戸惑いの声を発した。

「リンちゃん！　目的は達成されました！　百点満点です！」

「ごめんなさい。本当に言っている意味が分からないの。ちゃんと説明して」

「やだなもうリンちゃん。私の口から言うなんて野暮ってもんだよ〜」

「これは面倒臭いほうの奈々ね。カズ、私が居ない間に何をしていたのか教えてくれる？」

「………………え？」

「カズ、どうしたの。さっきから口数が少ないし様子が変よ」

「あー、えーと。……え？」

「カズ!?　本当にどうしたの!?　なんだか魂を抜き取られた人みたいになってるわよ！」

珍しく凛香からツッコミを入れられる俺。胡桃坂さんに続いてこれだ。

今の俺はろくに頭が回らず、大荒れしている感情の波に翻弄されていた。

俺は水樹凛香が好き。

そう思うだけで感情が高ぶり、心臓の鼓動が激しくなっていく。

「よし！　今日は解散しよっか！」

「まだもう少し時間あるわよ？」

「いいの！　目的は達成されたから！」

「だからその目的ってなに？　今回の目的は、奈々が私とカズにデートの雰囲気を味わわせることじゃないの？」

「そうだったけど、それ以上の収穫を得たのでＯＫなのです！」

「もうダメね。話についていけないわ。カズはそれでいいの？」

「えーと、あ、はい。それでいいです」

「……カズが心配だわ。本当に大丈夫？」

「だ、大丈夫」

俺の動揺を見て心の整理が必要と判断したのだろう。胡桃坂（くるみざか）さんが解散を促す。

「カズくんも悩める年頃なんです！　というわけで解散！　また学校でね！」

胡桃坂さんによるゴリ押し解散宣言で俺たち三人は【黒い平原】とボイスチャットアプリからログアウトする。目の前のパソコン画面に表示されているのは、いくつものアイコンとその背景に表示されたデスクトップの画像。

その画像とは、山の頂上で星空を見上げるカズとリンをスクショしたものだ。

「……俺、凛香が好きなのか」

不思議なことに。

今まで嚙（か）み合わなかった歯車が、カチリと嚙み合うような手応えを、確かに感じた。

翌日。俺はいつものように登校する。既に凛香は席についており、綺麗な姿勢で読書をしていた。これもいつもの光景だ。

俺が机に肘をつき、凛香の背中を眺めるのもお決まりの流れ。

「はぁ……」

俺は凛香が好き。それが分かってからというもの、妙にソワソワする。心がむず痒い。

気持ちとしては以前と変わらないのだが、無性に意識してしまう。

「あ……」

何かに気づいたように、凛香が振り返る。

目が合い――俺はスッと目を逸らした。

「――――ッ！」

ショックを受けた凛香の顔が脳内に浮かぶ。

スマホから通知音が鳴ったので見てみると、リンから泣き崩れた顔文字が送られてきていた。

ついでに『ガーン！』という吹き出しのおまけ付きである。

これがクール系アイドルからのメッセージかと思うと、ちょっと微笑ましく思えた。

☆

「こらカズくん！　凛ちゃんにイジワルしたらダメでしょ！」

昼休み。またしても胡桃坂さんに呼ばれたので屋上前の踊り場にやってきていた。

そして顔を合わせるなり怒鳴られた。意味が分からない。

「今朝、凛ちゃんに素っ気なくしたよね？　凛ちゃん、すっごく悲しそうにしてたよ」

「いや、その……」

ぷくーっと頬を膨らませた胡桃坂さんが、ズシズシと詰め寄ってくる。勘弁してくれ。

「カズくんは、好きな女の子にイジワルする男の子なの？」

「別にそういうわけじゃないけど……」

「じゃないけど？」

「なんかさ、恥ずかしくて……つい」

口に出すのも恥ずかしかった。俺は少しモジモジしながら言ってしまう。

気持ち悪く思われるかも……？

そう思ったが、胡桃坂さんはなにやらニマニマと変な笑みを浮かべていた。

「へー、へー、ふーん」

「な、なんだよ」

「カズくん、ちゃんと好意を自覚できてるんだね。うふふ」

うふふ、って……。

まるでお節介おばさんみたいなリアクションをする胡桃坂さんに、俺は露骨に口を引き攣らせた。

「ならあとは、凛ちゃんに想いを告げるだけだね！」

「それはちょっと……」

「ふえ？　どうして？」

「もう少し時間が欲しいというか、心の整理をしたいというか……。なんていうか、俺、凛香に相応しいのかな？　とか思ったり……」

ここに来て俺は、もう一つの悩みに直面していた。

――ネトゲ廃人の俺なんかが、人気アイドルとお近づきになれるはずがない。

それはリンの正体を知る前から思っていることだった。

凛香の言動に流されるがままに動き、胡桃坂さんに背中を押され続けて……。

よく考えると俺は、何一つとして自分から動いていなかった。動けなかった。

ネトゲ廃人の俺は、人気アイドルの凛香とは釣り合わない。その思いが根本にある。

自分に自信がないと言ってもいい。

「ばかー！」

「……え？」

いきなりだった。胡桃坂さんの怒声が、この踊り場に響き渡る。

俺が驚いていると、胡桃坂さんが更に詰め寄ってきた。

「相応しいとか、相応しくないとか、意味分かんないよ！　二人はお互いが好き、それでいいじゃん！」

「いや、でもな……」

「じゃあカズくんの言う通り、カズくんはネトゲ廃人のダメ人間でウジウジナメクジだとします！」

「言いすぎだろそれは……ッ！」

「でもね、凛ちゃんは、そんなカズくんも含めて好きなんだよ」

「……」

「凛ちゃんから一度でも言われたことあるの？　こんな人間になってほしいって」

「……ないな」

「でしょ？　そういう身分差みたいなの、一番凛ちゃんが嫌う言葉だと思うよ」

「――――ッ！」

その通りだ。胡桃坂さんの言葉が、心の奥に深々と刺さる。

なんて当たり前のことに、俺は気づかなかったんだ。

最初から凛香は、俺自身を肯定していたじゃないか。

もちろん全肯定というわけではないし、イエスマンになっていたわけでもない。

俺という存在を認めた上で、お嫁さんとして振る舞っていた。

「さあどうするのカズくん！　このまま悩み続けて、何もしないの!?　それとも、自分の想いに従って、真っ直ぐ突き進むの!?」

「胡桃坂さん……ッ！」

なんてエネルギーに満ちた力強い言葉だろうか。

これが人気アイドルにまで上り詰めた、胡桃坂奈々の真なる声……。

あぁ……以前、香澄さんにも言われたなぁ。

若者らしく勢いに任せてみるのもアリだと。

俺は変な理屈や世間の常識に囚われて、自らの行動を狭めている。

一般人と人気アイドルは釣り合わない、と。

そういうの、もう……やめようか。

凛香と、どうなりたいかって？

そんなのずっと前から言っている。

今よりも仲良くなりたい……もっと深い関係になりたい。

きっと俺が何もしなくても、凛香から歩み寄ってくれるだろう。

けど、そうじゃない。

俺だ。

俺が、凛香(リン)の傍(そば)に居たい。

この気持ちだけは、どんな状況でも不変だった――！

「……胡桃坂さんは、皆を導いて幸せにする、太陽みたいな女の子だな」

「え、ぁ……い、いきなり何を言うのカズくん!?　私は、そんな……っ！」

「本当に太陽みたいだ。その真っ赤になった頬とか、さ」

「も、もう！　カズくん！　さすがの私も怒るよ!?」

ガーッと歯を見せて怒る胡桃坂さんに、俺は軽いノリで「ごめんごめん」と謝った。

なんだろ、頭の中がスッキリしている。

胡桃坂さんのおかげで、自分のやりたいことが明確に見えてきた。

「胡桃坂さん。俺、凛香にデートを申し込むよ」

「それは、ネットゲームで？」

「いや、現実だ。凛香に想いを告げる前に、ちゃんと向き合いたいんだ」

俺はデートを意識しただけで手汗が滲(にじ)む男だ。

人から注目されるのも苦手だ。

今までネトゲに人生を捧(ささ)げてきた男だ。

何の取り柄もない凡人だ。
それが、どうしたと言うのだ。
――凛香の隣に居たい。
ただ、その想いを貫けばいい。
現実でも嫁として振る舞う、クール系アイドルのように――。

七章　純粋な気持ち

休日の午前。俺は凛香とデートするため駅前の広場に足を運んでいた。

並々ならぬ緊張で心臓の音が聞こえる。

楽しげに盛り上がる若者の集団や家族連れが駅構内に入っていくのを視界の端に捉えながら、俺は広場の中央に植えられた木々に歩み寄り、近くに設けられたベンチに腰掛けた。

そよそよと風に揺らされる葉の音を耳にし、少しでも緊張を和らげようと深呼吸してみる。

「……収まらないな……」

平常心を取り戻せない。といっても、頭の中が真っ白になるような緊張ではない。

楽しさやら恥ずかしさやら何やら……。

様々な感情が入り混じり、結果として凛香を意識する。

一応ネットを参考にし、派手すぎず地味すぎない服装をしてきたが、どんなものだろうか。凛香がどんな服を着てくるのかも気になる。

「……あっ」

広場の入口方面から、人々に交じって凛香がやってくるのが見えた。

まだ距離があるのでハッキリと見えないが、凛香は紺色のベレー帽をかぶっており、少しでも顔を隠すためか大きめの伊達メガネをかけていた。服装はTシャツにロングスカート。クールないつもの雰囲気とは全然違う。雰囲気からして可愛い感じはするが、クール系アイドルの風格は一切感じさせない。パッと見て、水樹凛香のイメージは思い浮かばないだろうな。その証拠に、誰も凛香に注目していなかった。

「おまたせ、和斗くん」

目の前まで来た凛香が、ちょっとした微笑み混じりで声をかけてきた。

そんな些細なことに、ドキッとさせられる。

「リアルでは来るのが早いのね。ネトゲでは遅刻の常習犯なのに」

「前にも言ったと思うけど、早いときは早いんだよ。それに遅刻する原因は凛香にあるんだぞ」

「私？　どうして？」

「凛香の動画を観ていると時間を忘れるんだ。そのせいで遅刻する」

「そ、そう……。そう言われると、怒るべきなのか喜ぶべきなのか、ちょっと分からないわね」

凛香はサッと俺から横に視線を逸らし、微かながら頬を朱に染める。素直にテレたらしい。

まあ俺の言葉は責任転嫁にもほどがあるけどな。

「それじゃあ……行こうか、映画館に」

「ええ」

俺はベンチから立ち上がり、凛香の横に並び立つ。

何となく周囲を見回してみるが、誰一人として俺たちに注目していなかった。

これは……食堂のときの感覚に似ているな。

人気アイドルがすぐそこに居るのに、誰も見向きもしない。

胡桃坂(くるみざか)さんの言った通り、服装や雰囲気を変えるだけで、アイドルの空気感は誤魔化せるらしい。……案外イメージとは、その程度なんだろうな。

「和斗くん、どうしたの？」

「えーと……」

俺なりにデートプランは練っている。そのプランの一つを今から実行しようと思うのだが、中々最初の一歩を踏み出せなかった。

「ひょっとして体調が優れないのかしら、顔も赤いし……」

「ち、違う。そうじゃないんだ」

手を繋(つな)ぎたい――――。

プランと言うより、俺の願望だった。

ただ、その一言を口にするのが、俺にとって最初の関門になっている。

それに見たところ、凛香に特別緊張した様子はない。やはり夫婦のつもりでいるせいか、今更デートなんて意識しないのかもしれない。

……俺だけ変に意識しているのか。そう思うと、少しだけ悲しくなる。

「和斗くん？」

「なあ凛香、その……」

「どうしたの？　遠慮せず、言っていいわよ」

「て、手を……」

「手を？」

凛香は不思議そうに首を傾げ、純粋な瞳で俺を見上げてくる。

「手を、繋ぎたい……です」

ついに言ってしまった。

こんなことを俺から言うのは初めてだ。

でもまあ、夫婦のつもりでいる凛香なら『いいわよ。夫婦なんだから手ぐらい繋ぐのは当たり前でしょう？』とか言うに違いない。

そう思っていたのだが、なぜか返事が来なかった。

凛香は俺の顔を見上げたまま、目をパッと見開いて、石像のように硬直していた。

「えと、凛香？」

「え、ぁ、ええ……。い、いいわよ。私たちは夫婦なんだから手を繋ぐことに何ら不自然な点はないわね。そもそも許可を得る必要なんてないわ」

……。

すごい早口だった。

どこか自分の感情を悟られないようにするための、そんな早口に思えた。

挙げ句にプイッと俺から顔を逸らした。

「じゃあ……繋ぎ、ます」

「ど、どうぞ……」

差し出された凜香の右手を、思い切って握りしめる。初めて握る女の子の手は、想像以上に柔らかかった。俺にとって水樹凜香の手は神秘的なものになっている。こうして手を繋ぐことにすら一種の感動を覚えた。

「……」

「……」

駅前の広場。大勢の人が行き交う状況下。手を繋いだ俺たちは、縫い付けられたようにその場で立ち止まっていた。言葉すら発さない。

いや俺が動けないのは分かる。

緊張やら感動やら、初めて経験する好きな女の子の温もりやらで、現実感が消し飛んだのだ。

なら、凛香のほうは――――？

どうして凛香も動かないのだろう。どうして何も喋らないのだろう。

数秒が経過し、疑問を抱くくらいには頭が冷えた俺は、チラッと凛香を見てみた。

……凛香は、顔を背けていた。俺とは真反対の方向を見ている。どうして……？

「あのー、凛香さん？」

どんな顔をしているのか気になった俺は、頑張って凛香の顔を覗き込んでみる。

すると、更にプイッと顔を背けられた。意地でも顔を見られたくないらしい。

「凛香。一体どうしたんだよ」

「……ないで」

「え？」

「今は……顔を見ないで……っ」

その恥ずかしさに震えたような声からは、真っ赤に染まった凛香の顔が想像できた。

これは……もしや？

「ひょっとして、恥ずかしいのか？」

「っ！」

「夫婦のつもりでいるのに？」

「夫婦のつもり、ではなくて、夫婦よ」

「夫婦なのに、手を繋ぐのが恥ずかしいのか……」

「だって、初めてだもの……。好きな人と、直接触れ合うの……」

徐々に声が小さくなってしまう凛香。文字通り蚊の鳴くような声で「これが、和斗くんの手……」と呟いている。控えめに言って、今の凛香は可愛すぎた。

漫画的な表現で言うならば、矢で胸を射貫かれた感じだろうか。

今の凛香は、クールな感じでもなければ、奥さんとして迫ってくる感じでもない。

純粋に、恋する少女として恥じらう姿が、そこにあった。

もし俺が肉食系男子なら、今すぐ凛香を抱きしめているだろう。

「い、行こうか……っ」

「そ、そうね。行きましょう……っ」

俺たちは、錆びついたロボットのようにぎこちなく歩き出す。

周囲から妙な視線を感じるが、それは凛香が人気アイドルだからというわけではないだろう。

☆

映画館に来た俺たちは、座席に腰掛ける。場所は真ん中のやや後方。俺の左隣に凛香が座っている。上映前なので館内は明るい。俺たち以外にも人はちらほら居るようで、あちこちから話し声が聞こえてくる。

「……」

緊張の余韻というべきか、俺たちはチラチラとお互いを気にするも口を閉ざしていた。

ただ気まずい雰囲気ではない。上手く言えないが、悪くないほうのドキドキする緊張感……。

何か話を振ろうかと考えていると、先に凛香が口を開いた。

「その……結婚の後になってしまったけれど、今日は初めてのデート記念日になるわね」

「そうだなぁ。結婚するのが先とか、変な話だ」

「あら、いつものように否定しないのね」

「まあ、うん……」

否定するくらいならデートはしない。そういうことだ。

「ついに夫としての自覚が芽生えたのね……っ！」

「……」

「知ってるかしら和斗くん。人間、無視されるのが一番辛いのよ」

恐らく今日一番の真面目な声だった。

たまには否定ではなく別のリアクションをしてみたが、やはり無視はダメだったか。

さっさと空気を変えるべく、適当な話題を振ってみることにする。

「普段、凛香は恋愛映画を観るのか？」

これから上映される映画はコメディ要素強めの恋愛映画だ。凛香の好みからそう外れていないと断言できるが、話題作りの意味を込めて話を振ってみた。

「あまり観ないわね」

俺は撃沈した。

あれー、クール系のイメージ通り、あまり恋愛系には興味がないのだろうか。

「映画を観る時間があるのなら、【黒い平原】にログインするわ」

「さすがだな……。アイドルゲーマーって感じだ」

「……理由は和斗くんよ」

俺？　と尋ねると、凛香は静かに頷いた。

「私にとって【黒い平原】は、コミュニケーションツールの一つでしかないの。もちろん【黒い平原】が面白いのは当然よ？　それでも私にとって、【黒い平原】はカズに会える世界なの」

「そ、そうだったんだ……」

「もしカズと出会わなければ、二週間で【黒い平原】を引退していたわ」

「それはよくないぞ！　まだまだ楽しく遊べる要素が沢山あるし、採掘の奥深さは一生かけても理解できないほどだからな！」

「和斗くんって、たまに変なスイッチが入るわよね……」

なぜだろう。凛香が少しだけ引いている気がする。

純粋に俺は、【黒い平原】の魅力をもっと知ってほしいだけなのにな。

「凛香は釣りをしすぎなんだ。もっと他の要素にも目を向けていこう。ていうか釣り以外もさせてくれ」

「何を言っているのかしら。【黒い平原】において最も遊ばれている要素が何か知っている？　……釣りよ。ほとんどのプレイヤーは釣りをしているの」

「それは放置だろ？　金策で釣り放置しているだけだ」

「放置でも楽しめるほど釣りは素晴らしいってことね」

「それ、楽しんでなくない？　放置だぞ？」

気がつけば『俺と凛香』は、『カズとリン』のようなノリで一切途切れることなく言葉を交わしていた。

ついさっきまでの緊張感も忘れ、館内の照明が落とされるまで饒舌に話し込む。

そして映画の上映が目前に迫り、館内は静まり返った。

俺と凛香も自然な流れで口を閉ざす。

……どうしよう。

何も話さなくなったら、また意識してきた。

とくに薄暗い空間で隣に居るというシチュエーションが、なんともまあ心をくすぐる。

「あの、和斗くん」

「ん？」

周りに配慮しているのだろう、凛香が俺の左耳に顔を近づけ、囁いてくる。ほんのり温かい吐息が、耳にこそばゆい。

「さっきみたいに……手を繋いでも、いいかしら。上映中も……」

「俺たち、夫婦なんだろ？　好きにしたらいい……と思います」

「……んっ……」

凛香の短い返事が聞こえた後、肘掛けに置いていた俺の左手に、凛香の右手がゆっくりと重ねられる。もう映画どころではない。緊張してきた。

なんだろうか、これは。自分の頬が赤く染まっているのが、鏡を見なくても分かる。

上映中、俺はチラッと凛香を見てみる。

全く同じタイミングで凛香も俺をチラ見し、目が合った。

なんとなく恥ずかしくなり、俺はすぐスクリーンに目を向ける。

……凛香も、ちょっと赤くなっていたな。

日頃からお嫁さんのつもりでいる凛香だが、実は手を握るだけで赤面するウブな女の子だったらしい。

そして映画を観終わった後、映画の話をしようにも上手くいかなかった。

実のところ、俺は内容をあまり覚えていない。

いやうっすら思い出せるのだが、左手に残る温もりが全てだった。

でも、それは凛香も同じだったのかもしれない。

映画の話を振っても、まともに話をせず、ただテレたように右手をさすっていたのだ。

☆

無言でいる俺たちは、肩と肩が触れ合わない微妙な距離を保って通りを歩き続ける。

手を繋いでからというもの、凛香が小動物のように大人しくなっていた。

やはり夫婦のつもりでいるのと、実際に経験するのとでは、大きな違いがあったんだろうな。

「和斗くん……」

「なに？」

「その……なんでもないわ。名前を呼んでみただけ」

「そ、そうか……？」

これまでの振る舞いが嘘のように照れる凛香。手を繋ぐだけでこれなら、もっと先に進むとどうなるのか――――って、俺は何を考えているんだ！

けど、もっと凛香の色んな顔を見てみたい。ネトゲでは見られない凛香の顔を……。

「あっ……！」

凛香が何かに怯えるように、コソッと俺の背中に隠れる。一体どうしたんだ？

疑問に思うが、すぐに察する。通りの脇にたむろする一般男性の三人組が、俺たち――

正確には、凛香をしげしげと見つめながら話し合っていた。

直感的に理解する。これは、少しやばい。

俺は凛香を背中に隠しながら足を速め、彼らの視界から外れるべく通りを抜ける。

通りを抜けた俺たちは、人気の少ない場所を求めて日の当たらない路地裏に逃げ込んだ。

「さっきの……バレたかな」

「いいえ、彼らの雰囲気からして確信には至ってないと思うわ。少し似ているかも……？くらいじゃないかしら」

そう言う凛香だが、不安そうな気持ちを隠しきれていない。

顔を伏せ、若干背中を丸めていた。

「全くバレる気配がないから、大丈夫だと思ったんだけどな……」

「そうね……。大半の人は気がついても遠慮してくれるけど……」

アイドルがデートとなると、遠慮はしないだろう。殆どのファンが怒り狂うかもしれない。そうなれば凛香のアイドル人生に終止符が打たれる。

スター☆まいんずに恋愛禁止ルールが存在するわけではないが、アイドルに恋人がタブーなのは、暗黙の了解とも言える。アイドルに詳しくない俺でも理解しているのだ、かなりデリケートな問題だろう。

俺は凛香とのデートを楽しみにし、徹夜でデートプランを考えてきた。しかし……。

「やっぱりダメか」

「……えっ」

「これ以上は危険だと思う……。今日はこの辺で解散しよう」

凛香の今後を考えての発言だった。

俺のせいで凛香のアイドル人生を台無しにしたくない。

それにリアルがダメでも、俺たちにはネトゲがあるさ。

……。

そう自分に言い聞かせ、無理やり納得させる。

「ほんの短い時間だったけど、楽しかったよ。ありがとう、凛香」

俺は精一杯の笑顔を意識し、凛香にお礼を告げる。

凛香だって、これ以上はリスクが高いと承知しているに違いない。

どれだけ俺のことが好きでも、分別をわきまえている凛香なら納得するはず……。

「やだ……」

凛香に、ギュッと袖を摑まれる。

少し強めに力を入れたら、簡単に振り払えるだろう。そんな弱々しい摑み方だった。

凛香は俺から顔を隠すように地面を見つめ、確かな願望を小さな声で訴える。

「……もう少しだけ、一緒にいたい」

「そう言ってもな……」

「せっかく、和斗くんが誘ってくれたのに……」

「凛香……」

「初めてのデートなのに……っ」

微かに震え始めた綺麗な声に、涙が混じりつつあった。

こんな風に凛香を悲しませるなら、デートに誘うべきではなかった、と思ってしまう。

俺たちがリアルデートをするのに、リスクが高いのは元から理解していた。

けれど、好きな人と一緒に居たいという欲望――純粋な気持ちが、俺たちに都合の良い考えをさせる。変装すれば、アイドルバレしないだろう、と。

「誰にも見られない場所…………家……そう、家よ。和斗くん、私の家に来ない？」

顔を上げた凛香が、名案とばかりに言った。

「家、か」

「今日は晩まで誰も居ないの。私の家でデート……どう、かしら」

断られたらどうしよう、という不安が透けて見える弱々しい提案だった。

もちろん俺に断る理由はない。

徹夜で考えたデートプランは問答無用の破棄だが、それは些細な問題に過ぎないのだ。

俺が承諾の意味を込めて頷くと、凛香は安堵の笑みを浮かべるのだった。
☆

凛香の家に到着した頃、ちょうどお昼になっていた。

緊張の連続で空腹を忘れていたが、凛香の厚意で昼食を用意してもらえることになる。

早速凛香は髪型をポニーテールにし、エプロンをつけた。テレビでは滅多に見せないクール系アイドルの家庭的な姿に、やはりドキッとする。

以前も見たが、相変わらず胸にグッとくるものがあった。

「和斗くん。適当に寛いでいて」

リビングまで案内された俺は、凛香に促されてソファに腰掛ける。

台所のほうから「テレビ、つけてもいいわよ」と聞こえてきたので、眼前のテーブルに

置かれたリモコンを手に取り、テレビの電源をつけた。

昼の情報バラエティ番組が映し出される。アイドル特集をしており、丁度スター☆まいんずについての会話が繰り広げられていた。胡桃坂さんの凄まじいエネルギーを軸に、目覚ましい勢いで進化を続けるアイドルグループ……などなど。

他にも水樹凛香の歌声は実に素晴らしいと評価されていた。

「すごいなぁ」

信じられるだろうか。

俺、人気アイドルの彼女たちと日常的にネトゲをしているんだぞ。

しかも今は凛香の家に上がり込んでいる。我ながら驚きの日常を送っているよな……。

それからしばらくして凛香から昼食の声がかかる。

ソファから立ち上がり、ダイニングテーブルの席につく。

テーブルを見ると、見るからに美味しそうなチャーハンが用意されていた。腹の虫が鳴いてしまう香ばしい匂いを漂わせている。

丁寧に刻まれた青ネギや煮豚も混ぜられており、ご飯を含めた全体の色合いも素晴らしい。見た目だけなら店で出されるものと同等だろう。

「すごいな凛香。これ絶対に美味しいだろ」

「そうね。小さい頃から料理は好きだったし、それなりに自信はあるかしら」

謙遜することなく言ってのける凛香。

この堂々とした振る舞いもクール系アイドルならではだな。

凛香が自分のチャーハンを持って俺の隣に腰を下ろす。

「和斗くん、食べましょう」

「おぉ。いただきます」

用意されていたスプーンを手にして、ドーム状に盛られたチャーハンを一口分すくいあげる。口に運んで咀嚼……。

「めっちゃ美味しい……っ！」

俺はグルメ評論家ではないので、何がどう美味しいかは具体的に表現できない。

ただとにかく美味しい。その一言に尽きる。

「よかったわ。和斗くんの口に合っていたようで」

「本当に美味しい。今まで食べてきたチャーハンの中で一番美味しいぞ」

お世辞ではなくガチ。凛香の手料理補正もかかっているが、味も保証できる。

どんどんチャーハンを口に運ぶ。美味しい。

「ふふ、実はそのチャーハンには特別なものを入れておいたの」

「………特別なもの？」

思わずスプーンの手を止めて凛香の顔を覗いてしまう。

なぜか妖艶な笑みを浮かべ、その瞳は粘着質な光を帯びていた。

「そうよ、特別なもの。ふふ」

「……」

……このチャーハン、食べてもいいやつなのか？

気持ちの問題だろうけど、急にお腹の調子が悪くなってきた気がする。

い、いやいや。

変なものは入ってないって。

きっと『和斗くんのために精一杯の愛を込めたの。沢山食べてね』みたいな可愛いことを言いたかっただけなんだ！

そうに違いない！

いや、そうであってくれ！

「どうしたの和斗くん？　食べないの？」

「あ、うん……」

「よかったら私の分も食べてね」

「そういうわけにはいかないって。凛香もしっかり食べないと」

「私はいいの。和斗くんが美味しそうに食べてる姿を見ているだけで満足だから……」

うっとりと俺を見つめ、心底幸せそうに微笑む凛香。

こりゃもう食べるしかない。

嫌な予感を振り払い、俺は凛香特製チャーハンを口に運び続けるのだった。

☆『注意：健康に害を及ぼす材料は含まれておりません。ご安心ください』

昼食を終えた俺たちは、凛香の部屋に移動する。相変わらず整理整頓の行き届いた落ち着いた部屋だ。ついでに言っておくと、お腹の調子に問題はない。

俺たちは他愛もない話で二人の時間を過ごす。やはり主な話題は【黒い平原】だろうか。出会った頃のリンは冷たかったことや、俺が異常なまでに採掘にこだわっていたこと。

何の変哲もない会話が続き、ふとした頃、窓から見える空にオレンジの光が混じり出していることに気がつく。……思ったより時間が経っているな。確か晩に凛香の家族が帰ってくるんだよな。

「……」

「……」

会話が途切れ、沈黙が流れる。

夕方特有の優しい空気感が部屋に満ち、改めて俺たち二人しか居ないのだと実感した。

俺は、肩と肩が触れそうな距離で隣に座っている凛香をチラッと横目で確認する。

俺同様、凛香も意識しているらしい。

視線が合い、互いの瞳に互いの顔を映す。

なんとなく――。

なんとなく、今だと思った。

ただ素直な想いを伝えればいいだけ。

たったそれだけのことなのに、ひどく手汗が滲んできた。

「凛香……その、話があるんだけど」

「どうしたの？　そんな改まって」

こちらの真剣な様子に身構える凛香。

お互いの距離が近い分、相手の顔がよく見える。……くそ、ドキドキしてきた。

いや、行け……言ってしまえ……！

「凛香は俺に、素直な好意を向けてくれているよな」

「そうね。夫婦だもの」

「……俺は、自分の気持ちが分からなくて、ちゃんと凛香に答えを出せていなかった」

「……」

「でも、ようやく分かったんだ。俺は、凛香のことが――」

「待って」

「………え？」

直前でまさかのストップをかけられ、俺は間抜けにも口を開けたまま固まる。

「その……和斗くんの真剣な想いは伝わってきたわ」

「う、うん……？」

「でも、その、ね……」

え、なんだその歯切れの悪さは。凄まじく嫌な予感がする。

ここに来て最悪のドンデン返しか？

実は他に好きな人が居たりとか、俺との関係はドッキリだったりとか……。

「ずっと隠すつもりだったけど……やっぱりよくないわね」

「……なんの話？」

「ごめんなさい和斗くん。実は私、秘密にしていることがあるの」

「そ、それって……どんな秘密？」

秘密の内容によっては、今すぐ紐なしバンジージャンプを決行する。

「……もしかしたら、和斗くんに嫌われてしまうような……そんな秘密よ」

「まじかー」

うつむいて喋る凛香を前に、俺は意識が遠のいていく気がした。

俺が凛香を嫌いになるような秘密……。そりゃもう重大な秘密に違いない。

「和斗くんが沢山悩んで考えて……そして今日、私をデートに誘って想いを伝えようとしてくれている……。そのことはすごく嬉しいの。いえ、だからこそ、このことを秘密にしておくのが辛い……っ」

「その秘密って……なに？」

ツバをゴクッと飲み込み、思い切って尋ねてみる。

「実際に見てもらったほうが早いわね」

ゆっくり立ち上がった凛香は、クローゼットに向かって歩いていく。

そしてクローゼットの取っ手に手をかけ、一度だけ俺に視線を飛ばしてから躊躇いがちに開けてみせた。

「……」

中に入っているのは私服からアイドル衣装に至るまでの華やかな衣服。

なにもおかしなところはなさそうだが……。

いや、待て。

下にフェルト人形が四体置かれている。

サイズは抱き抱えられるくらいか。

そのフェルト人形は、見覚えのある姿をしていた。

いや見覚えがあるってレベルではない。

鏡を覗けば必ず映り込む存在……。

そう、俺だ。

綾小路和斗を可愛らしくデフォルメしたフェルト人形が四体、凛香のクローゼットの中に堂々と鎮座していた――――！

「こ、これは……？」

「和斗くん人形よ」

「……」

俺は口を開けたまま、可愛らしく作られた和斗くん人形四体を眺める。

凛香が作ったのだろうか？

俺が題材とはいえ、かなり良い出来だ。

「その、ね。いつも寝るときに、和斗くん人形を抱きしめてるの……」

「……え、え？」

「日が経つにつれて、もっと多くの和斗くん人形に包まれたいという欲求が生まれてきて……今では四人居るの」

「四人っていうか、四体……」

ツッコミどころはそこじゃない、と心の中で自分にツッコミを入れる。

「さすがの和斗くんも、やっぱり引くわよね？」

そう尋ねてきた凛香の瞳はうっすらと涙で潤んでおり、不安げに指を絡ませていた。

なるほど、そういうことか。

以前、乃々愛ちゃんから身を隠すときにクローゼットではなくベッドに押し込まれた理由が分かった。この和斗くん人形とやらを隠したかったのだ。

「さすがの和斗くんも気持ち悪く感じるわよね……。和斗くん人形を作って毎日抱きしめて寝てるなんて……」

「そ、そんなことないぞ」

「本当に？」

「あぁ」

俺が頷いてみせると、泣きそうな表情を浮かべていた凛香は安堵の息を漏らした。

……まあ驚いてはいるけどな。

一体なら微笑ましく思えたが、さすがに四体はビビる。

フェルト人形一体を作るのに、どれほどの時間がかかるのだろう。

俺と凛香が出会って、まだ一ヶ月と数週間しか経過していない。

かなりのハイペースじゃないか？

「実はね、他にもまだあるの」

「え、和斗くん人形が？」

「いいえ。和斗くんグッズ第二弾よ」

なぜかちょっと自慢げな凛香は、壁に貼られているスター☆まいんずのポスターをペラリとめくる。そこから現れたのは、俺が教室で飯を食ってるときのシーンが写されたミニポスターだった……！

「どう？　すごく可愛いと思わない？」

「思いません。てかこれ盗撮？　カメラ目線じゃないし、そもそも撮られた覚えがない」

「盗撮じゃないわ。夫の写真を撮るのに盗撮も何もないでしょう？」

おっと、これはハイレベルだ。

「毎晩寝る前にね、和斗くん人形を抱きしめながらポスターの和斗くんを眺めているの……ふふ」

「凛香はポスターを眺める側じゃなくて、眺められる側だろ」

大人気アイドルが、俺の人形を作ったり、盗撮してポスターにしたりしている件。

「ごめんなさい和斗くん。私も自分のしていることが変じゃないかって、薄々気がついてはいるの」

「え、薄々程度なのかい？」

「けれど、どうしても気持ちを抑えることができなくて……。もし和斗くんと一つ屋根の下で暮らすことができれば、多少なりとも欲望が満たされそうなのだけれど」

「そ、そうですか……」

俺は言葉を失っていた。

よもや凛香が、これほどとは思いもしなかったのだ。

……待て、そういえば。

「さっき和斗くんグッズ第二弾って言っていたよな？　もしかして第三弾もあるのか？」

「もちろんよ」

凛香は机に置かれた筆箱を開けて消しゴムを取り出した。

「消しゴムのカバーに和斗くんの顔写真を貼り付けてるの」

「────っ」

「これなら勉強中でも和斗くんの存在を身近に感じることができる。画期的だと思わない？」

「……そう、ですね…………」

もう俺はどんな顔をすればいいか分からなくなっていた。

笑えばいいのか、驚けばいいのか、ドン引きすればいいのか……。

正しいリアクションはどれだ？

とりあえず喜ぶことにする。

あの超人気クールアイドルから、アイドルのような扱いをされるのは素晴らしいことだよなっ！

「ま、まあ……これだけ好かれるのは男としてすごく嬉しいよ」

「本当に？　いくら優しい和斗くんとはいえ、引かれるのではないかと心配していたのよ」

「いやいや、アイドルのグッズ販売とか昔から行われていただろ？　それとそんなに変わらないって」

「そうね。ありがとう和斗くん。こんな私を受け入れてくれて」

……本人の許可を得ているかどうかの違いはあるけどなっ。

「一応聞くけど、もう俺に関するグッズはないよな？」

「グッズではないのだけれど……」

凛香は机の引き出しを開けて一枚の紙を取り出した。

「それは？」

「これは私たちの婚姻届よ。お互いの名前も記入済み」

「はい一線越えたァアア！　これはヤバい！　しかも綾小路の印まで押してあるし！」

普通に犯罪である。

「大丈夫よ。この婚姻届は私が自作したもので、本籍といった必要な欄は消してあるから提出しても受理してもらえないわ」

「そ、そうだったか」

「安心して。さすがの私もわきまえてるから」

「わ、わきま……わきまえてる……のか？」

　俺は困惑した。

「この婚姻届を見る度に心が満たされるの。あぁ、私と和斗くんは夫婦なんだーって」

「お、おぉ……」

　凜香が婚姻届を抱きしめて満足げに微笑む。

　一方、俺は口を引き攣らせていた。

「リアルは不便よね。結婚できる年齢が設けられていたり……。でも心配しないで。リアルでは夫婦として認められなくても、ネトゲで結ばれた私たちの心は本物よ」

「……は、はい」

　な、なんということだ。

　衝撃の事実が次々と明らかになっていく。

「やっぱり、気持ち悪いかしら？」

「え？」

　不安そうにする凜香が小さな声で尋ねてきた。

「客観的に見れば私の行動は限度を超えているわ。人形や消しゴム、ポスターはともかく、婚姻届はおかしい」

「……」

　客観的に見れば全部おかしい。

「いくら和斗くんだって、こんな変なことをする女の子は嫌よね…………」

「そんなことはないぞ」

　即答してみせるも凛香はうつむきながらポツポツと喋り続ける。

「いいのよ、無理しなくて。私を気持ち悪いと思うなら……縁を切ってくれてもいい」

「な、何を言ってるんだよ」

「私は和斗くんのことが心の底から好きよ。だからこそ、和斗くんの幸せを一番に願っている」

「凛香……」

「もし私が和斗くんの重荷になるのなら…………離婚してもいいから」

　……離婚って。まだ付き合ってすらいないのに。

「きっと和斗くんは私よりも素晴らしい女性と巡り合うことができるわ。だから私が和斗くんの幸せを邪魔してしまうなら――」

「凛香」

　俺は言葉を遮るように名前を呼ぶ。

凛香は今にも泣き出しそうな顔を上げ、こちらを見つめ返してきた。

「俺はどんな凛香だろうと受け入れる」

「でも、ここまでとは思わなかったでしょう？」

「うん」

「……ほら、やっぱり」

グスッと鼻を鳴らす凛香。

俺が何かしらの罵倒を浴びせれば本当に泣いてしまいそうだ。

「そこまで言うなら、どうして和斗くんグッズを教えたりしたんだ？」

「……私は心での付き合いを大切にしてる。だから和斗くんの真剣な想いを聞く前に言うべきだと判断したのよ。今まで隠してきた本当の私を知ってもらうためにも……」

俺が告白を決意しなければ、このことをずっと隠していたのか？

いや、そうじゃない。

純粋な心を至上とする凛香が、それだけバレることを恐れていた秘密だったのだ。

「正直に言って。これ以上、私に付き合いきれないなら……無理せずに言ってほしいの。私は和斗くんの重荷になりたくないから……」

俺の目から視線を逸らし、震えた声でそんなことを言ってくる。

人は誰しもバレたくない秘密を抱えているもの。

それは大人気アイドルだって変わらない。

でも凛香は嫌われる覚悟をして教えてくれた。

自分の信念、そして俺の幸せを考えて……。

そんな彼女に対し、この俺ができることは？

……それは、一つしかないだろ。

こちらも本音を包み隠さず言ってやればいい。

だって俺たちは——数年前からネトゲの世界で、心と心を交わし合っていたのだから。

「凛香」

「……和斗くん……？」

涙目になりながらも返事を待つ凛香に、俺は自信を持って答える。

「俺は、どんな凛香だろうと受け入れる」

「……本当に？」

「あぁ。だって俺は……水樹凛香という存在そのものに、心底惚れているのだから」

「————っ」

目を見開いた凛香が息を呑んだ。

俺は、ゆっくりと言葉を紡いでいく。

「仮に凛香がアイドルじゃなかったとしても、俺は凛香に惚れていた。言葉が汚くなるけど、凛香がビックリするくらいブスだったとしても俺の気持ちは変わらなかった」

「……和斗くん……っ」

「まあ、男だったら一発ぶん殴っていたけどな。はは」

ちょっとウケを狙って笑いながら言ってみる。

けれど、頬を真っ赤に染めた凛香は、口元を両手で押さえているだけだった。その涙が零れそうなほど潤んだ双眸で、こちらを見つめてくる。

俺と凛香は、無数の世界（オンラインゲーム）から一つの世界（【黒い平原】）を選び、縁を結ぶに至った。

安直な言い方になるけど、それを奇跡と呼ぶのかもしれない。

「俺は、凛香と一緒なら……どんなことも楽しめると思う。いや、これからも一緒に居たい。これが俺の『純粋な気持ち』だ」

「……ぁ」

「俺は、凛香が好きです」

ハッキリと言った。

今まで言えなかったことを口にした。

勇気とかは必要なかった。

当然のことを当然のように言った。

たったそれだけのことだった。

「和斗くん……こんな私でも、いいの？」

「俺は凛香じゃないとダメなんだ。なに、盗撮や人形くらい笑って受け入れるさ。気がついたらツッコミは入れるけど、それで嫌いになることはない」

「……和斗くん……っ」

「多分、好きになるってのは、その人の全てを受け入れることなんだ。決して期待を抱くことでも理想を押し付けることでもない」

もし俺が凛香の秘密を知って嫌いになったのなら、それは凛香を好きになったのではなく、クール系アイドルのレッテルが貼られた凛香を好きになったのだ。

そしてそれは、何度も凛香が言ってきたことだった。

ネトゲならば己に貼り付けられたレッテルや期待を捨てることができる。

ゆえにネトゲこそ純粋な心で向き合える。

「言うのが遅くなってごめん。俺は何年も前から、リンのことが大好きです」

「………………っ」

「正体を知ってからも気持ちは変わらなかった。アイドルという身分や綺麗な容姿は関係なく、俺は水樹凛香が好きです。リアルでも……結婚を前提に、俺と付き合ってください」

言った。全部言い切った。

ついに凛香は涙をポロポロと零し、口元を押さえたまましゃがんでしまった。

「……い、いいの？　きっと、私はこれからも……和斗くんに……迷惑をかけるわ……」

「あぁ、どんどんかけてくれ。こっちも負けないからさ」

俺は凛香の傍に腰を下ろし、頭を優しく撫でる。

「和斗くん……」

「凛香……」

お互いの顔を至近距離で見つめ合う。

視線が絡み合い、目の前の愛おしい存在だけに意識が集中していく。

「……」

「……」

何の合図もいらない。

俺が凛香の頬に手を添えると、凛香は静かに目を閉じて顎をクイッと上げた。

今から俺たちが何をするかは明白。

目の前の瑞々しい唇に、ゆっくりと己の唇を近づけていく。

ついに、俺たちの唇が重なる――。

「ただいまぁ！　……あれぇ、かずとお兄ちゃんの靴？　あ、もしかして遊びに来てるの!?　わーい！」

…………。

「今日、家族は晩まで帰ってこないんじゃなかったの？」

俺は半目で凛香を問い詰める。どういうことだ。

「そのはずだったのだけれど……。やっぱり子供は気まぐれね」

「仕方ないな、これぱっかりは。ま、都合がいいか」

「都合がいい？　どういうこと？」

俺の顔を見つめ、凛香が首を傾げた。

「凛香の家族に報告できるだろ？　俺たちは正式に付き合うことになりましたーって」

「和斗くん……っ！」

目をキラキラと輝かせ、感極まる凛香。可愛いなぁ。

「じゃあ正式に婚姻届を――」

「それは早いです。俺、まだ17歳。結婚は18歳になるまで無理です」

「ということは来年ならオッケーということね」

「そうそう来年ならオッケー、なわけないよね？　スキャンダルになって人生が崩壊するぞ」

「大丈夫よ。絶対なる夫婦の愛に不可能はないから」

「はぁ……。まだ正式な夫婦じゃないんだけどなぁ……」
ぶれないなー凛香は。
きっと彼女は、これからも嫁のつもりで振る舞うのだろう。
恋人になったとはいえ、まだまだ俺の日常は落ち着きを取り戻せそうにない。
あぁ、本当に……なぁ？
これから、どうなるんだろう。
嬉しそうに微笑む凛香に、俺は苦笑するしかなかった——。

水樹凛香視点(閲覧注意)

いつものように登校した私は、いつものように誰とも話すことなく、いつものように自分の席について読書を始める。

私、水樹凛香は、クール系アイドルとして世間から人気があるようだけれど、実際のところ、校内では浮いていた。それを寂しいと思わなくなったのは、いつ頃からだろう。

一人で過ごす時間が当たり前になり、たまに親友の奈々と休み時間を過ごす。

放課後はアイドル活動に励み、休日の空き時間は【黒い平原】にインする。

それが私の日常……。

教室内の賑やかな話し声を遮断するべく、私は目の前の本に没頭しようと試みる。

その寸前だった。

普通の人よりも耳が良い私は、後方から聞こえた会話に意識を向けてしまう。

「おい綾小路ぃ。またネトゲか？　目の下にクマができてるぞ」

「仕方ないだろ。【黒い平原】が面白すぎるんだ……ふわぁ、ねむっ」

この声は——綾小路くんと橘くんね。

どうやら綾小路くんも【黒い平原】にハマっているみたい。

寝不足になるまで遊ぶなんて……だらしなく思うけど理解できるわね。

「まじで神ゲーなんだよ。なんでもできるしグラフィックも超リアルでさ……。もちろんキャラクリも充実していて本気で作り込むなら丸三日はかかるだろう。それだけではなく、ゲーム性も非常に高水準なものだ。戦闘から生産まで何でもあり！　とくに採掘は中毒性が高くて時間を忘れてしまう。採掘の魅力を他にも挙げるなら——」

「誰かー！　救急車を呼んでくれー！　綾小路が発作を起こした！」

「いや聞けよ橘。まだまだ話せることがあるんだ。【黒い平原】はな——」

「ひぃぃいいい！」

「僕の計算によると、今の綾小路くんを止められる確率は０％だね。……大人しく話を聞こうか、橘くん」

相変わらず彼らは賑やかね。

なんとなく、本当になんとなくだけれど、私たちスター☆まいんずを思い出すわ。

それに綾小路くんの【黒い平原】に対する想いが、ストレートに言葉から感じられる。

純粋な思いからネトゲを楽しんでいるのが分かるわ。

……もし。

もし、綾小路くんと一緒に遊べたら——。

「って、私は何を考えているのよ……！」

私にはカズという愛する夫がいるのに！

浮気……浮気じゃないわ。

これはフレンドとしての意味で一緒に遊べたら……と思っただけ。

「でも……似ているわね」

カズと綾小路くん、二人に共通点があることに気づく。

【黒い平原】に対する思いや採掘に対する妙なこだわり。そして微妙に名前が似ている。

だから一緒に遊びたいなんて思ったのね。

☆

日曜日の晩。カズと遊ぶ約束をしていた私は、パソコンの電源をつけて【黒い平原】にログインする。けれど、約束の時間をすぎてもカズは来なかった。

「また遅刻、かしら」

たまにカズは遅刻する。まったく、大切な奥さんを待たせて……。

私は唇を尖(とが)らせながら、ゲーム用のチャットアプリを起動させ、カズにチャットを送ることにする。

『インしてるよ～』

そう送ると、すぐに『ごめん。すぐにインする』と返ってきた。

その言葉通り、一分ほどで【黒い平原】のチャット欄に『カズさんがログインしました』と表示された。……ふふ、だめね。心が躍る、というのかしら。

カズという二文字を見ただけで、無性に嬉しくなるわ。

『待ってたよ～。久々だね』

『久々か？　先週の日曜日も一緒にしただろ？』

『じゃあ一週間ぶりじゃん！　カズとゲームできる日をずっと楽しみにしていたんだから！』

『そっか。俺も楽しみにしていたよ』

『そうなんだ！　でもね、私のほうが楽しみにしてたから！　これ、絶対！』

『なんの張り合いだよ……』

『うーん。強いて言うなら、夫婦による愛の張り合いかな！』

『なんじゃそりゃ』

カズの呆れた顔が目に浮かぶようね。……どんな顔をしているのか、知らないけど。

でもね、私には分かるわ。カズも私と会える日を楽しみにしていたはずよ。

だって私たちは、リアルの情報に頼らず、純粋な想いで結ばれた――夫婦なんだから。

『今日は何する？　ちなみに私は釣りをしたい気分かな～』

『鉱山に行って採掘したい』

『今日は何する？　ちなみに私は釣りをしたい気分かな～』
『ボットですか、あなたは!?　俺の要求が通らないんですけどっ！』
『釣りに行くよ』
『もう強制じゃん！』
カズなら私のワガママを笑って受け入れてくれる。
そう確信できるだけの絆を育んでいるからこそ、言えるワガママだった。
それからカズと軽いチャットを交わしつつ、私の船に乗って海に出る。
二人で肩を並べて釣りを始めた。
「そういえば……遅刻した理由を聞いてなかったわね」
いつもなら気にしないけど、話題作りの意味も含めて遅刻を問いただすことにした。
『ねえカズ。まだ遅刻したことへの謝罪を聞いてないんだけど』
『ごめんなさい』
『なんで遅れたの？』
『アイドルのミュージックビデオを観てた』
『へぇ。カズってアイドルに興味があったんだ』
『まあな』
……興味ないって、昔はハッキリ言っていたのに。

でも人間は年齢を重ねるにつれて趣味嗜好が変わってくるもの。
それはカズも例外ではないようね。
私は純粋な興味から、質問することにした。
『そのアイドルの名前は？』
『リアルの話は禁止じゃないのか？』
『今回は別。教えて』
これでもし、私の名前が出たら――――。
『スター☆まいんずってグループだ。知ってる？』
『うん』
『俺、水樹凛香のファンなんだよ』
――――ッ！
息が詰まる。
一瞬の間に何度もチャット欄を読み返し、なんとか平静を保ってチャットを打ち込む。
『そうなんだ』
『しかもクラスメイト。すごいだろ？』
「え、あ……っ！」
思わず、変な声が漏れてしまう。

カズが、私のクラスにいる……？

「ふぅ……落ち着くのよ、水樹凛香。あなたはクール系アイドルでしょう？」

そう口に出して落ち着こうとするも、やっぱり冷静に戻れない。

微かに指先が震え、ドクンドクンと鼓動が体内に響き渡る。

「……どうしたものかしら」

私の正体を言うべきかどうか。率直に言って、関係が壊れることを私は恐れている。

もちろんカズならどんな私でも受け入れてくれる。

そう確信しているけれど、私の心の弱さが『嫌われるかもしれない』という恐怖を生む。

だってカズは、アイドルに興味がないと言っていたもの。

昔、ライブを観るくらいなら採掘するとまで言っていたわ。

なんならアイドルに時間をかけるのは無駄とまで言っていた気がする。

もしかしたらカズはアイドルという存在が嫌なのかも？　なんて思ったりした。

だから私はアイドルであることを隠し、純粋な付き合いができるようリアルの話はしないようにしていた。

でも、水樹凛香の……私のファンなら――。

「現実でも、愛する人と繋がれるなら……！」

私は、自分の正体を明かすことにした。

もしかしたら嫌われるかもしれない。

カズなら受け入れてくれると断言できるけど、それは私の身勝手な妄想かもしれない。

そんな風に様々なネガティブ思考が湧いてくるけれど、私はリスクを承知で、正体を打ち明けることにする。

だって、夫のことをもっと知りたいし、私のことも知ってほしいから……。

初ライブ以上の緊張に震えながら、私はゆっくりとチャットを打ち——送信した。

『私、水樹凛香』

そうして、どれだけの時間が流れたのかしら。

一分？　いやいや十分、三十分……。

スマホで時間を確認すると、まだ五分しか経っていなかった。

ようやくカズからチャットが返ってくる。

『はは。いきなり何を言い出すんだよ。さすがにウソだって分かるぞ』

『二年三組。担任は佐藤先生。私が座っている席は窓際から二番目の列、最前席』

疑われるのは当然よね、と思いながら私に関する情報を打ち込む。

その勢いで、さらに踏み込むことにした。

『カズは誰なの？』

しかし、すぐに返事は来なかった。

ちょっとした焦燥に駆られた私は、余計かもしれない一言をカズに送ってしまう。

『私のことが信じられない？』

……これはカズの優しい心を利用した質問ね。我ながら最低だと思う。

『俺は、窓際列で一番後ろに座っている人だよ』

すぐに、あの男の子の顔が浮かんだ。

『綾小路和斗くんね』

『……当たりだ』

『ごめんなさい。もう落ちるわ』

『分かった』

衝動的にログアウトしてしまう。

カズが……綾小路和斗くん……。こんな奇跡って、あるのね。

私は自分の震える右手を見つめ、これが現実であることを認識する。

激しい緊張で意識が霞むようだけれど、自分が少しだけ笑っているのが分かった。

「あ、いけないわ。念のために証拠写真を送らないと……！」

カズは私が水樹凛香かどうか、怪しんでいた。ちゃんと信じてもらいたい。

私は『明日の昼休み、一緒に食堂行きませんか？』とメッセージを送り、さらに自撮り写真を送りつけた。これで嫌でも信じるに違いない。

その後、私は自分のベッドに飛び込み、枕に顔を埋める。

「綾小路和斗くんだったんだ……。私の愛する夫が、こんなにも近くに居たなんて……」

思わずニヤけてしまう。ドキドキが収まらない。

「ん〜〜〜〜っ！」

耐えきれず、枕に顔を押し付けたまま叫んでみた。

もう自分が嬉しいのか恥ずかしいのか分からない。

顔がすごく熱くて、無性に体を動かしたくなった。

「カズ……綾小路和斗くん……和斗くん……っ！」

枕を強く抱きしめて、私はゴロゴロとベッドの上で転がり続ける。

右に、左に、右に、左に……ずっとゴロゴロ転がり続け——フッ、と体がベッドから落ちた。ドンッと強烈な衝撃を背中に感じ——。

「あぐぅっ！」

実に情けない声が、私の口から吐き出された。すごく痛い……。

☆

翌日。いつものように登校した私は、いつものように誰とも話すことなく、いつものように自分の席について読書を始める。今日も変わらない学校生活が始まる――わけがないわね。今朝からドキドキしっぱなしよ。

私は後方にいるだろう和斗くんを意識する。……本に集中できない。

我慢できず、チラッと振り返る。

「あっ――――」

和斗くんと、バッチリ目が合った。

私が振り返ることは和斗くんも予想外だったみたい。すごく驚いた顔をしている。

私もどうしたらいいか分からず、咄嗟（とっさ）に手を振る。

すると嬉しいことに、和斗くんも手を振り返してくれた。

嬉しさのあまり声を上げそうになり、すぐ顔を戻して姿勢を正す。

「…………」

これを言うのは何度目か分からないけど、ドキドキが収まらない。でも仕方ないことよ。

ついに、夫とリアルで手を振り合ったのだから！

「ふぅ……落ち着きなさい。あなたはクール系アイドル、水樹凛香よ？　もっと冷静に……。そうよ、読書を再開しましょう」

本を読んで落ち着くのよ……あれ、おかしいわね。見たことがない文字だわ。

全く意味が分からない――っ！

……。

意味が分かるわけないわ。だって、本が逆さまになっているもの……！

☆

迎えた昼休み。友達と話す和斗くんを見て、約束を忘れているのかしら？　と私は首を傾げる。……いいえ、私の夫はそんな男ではないわ。

遅刻することはあっても、決して約束を忘れることはない。

でも念のために声をかけておきましょうか。

私は和斗くんに歩み寄り、その背中に声をかける。

「少しいいかしら？」

「えっ――――」

こちらを振り返った和斗くんに、私は少し強めに確認する。

「和斗くん。私との約束、忘れてないわよね？」

「わ、忘れてないよ。今行こうと思っていたところ」

「そう、よかったわ。なら早く食堂に行きましょうか。グズグズしていると混んでしまうもの」

い、一瞬だけ、声が裏返ってしまった……！

雰囲気からして和斗くんは気づいてない様子。

それでも私は誤魔化すように慌てて背中を向け、教室から早足で出て行った。

☆

食堂に着いた私と和斗くんは、A定食を注文してから空いている席に腰を下ろす。

向かいに座った和斗くんをチラッと見て、心臓がドクンと跳ねた。……すごくかっこいいわね。思えば私は以前から和斗くんを意識していた気がする。浮気になるのではないかと思い、これまでは意図的に意識しないようにしていたけれど……。

もう遠慮する必要なんてないわね。

「……？」

ふと、食堂の喧騒に紛れてコソコソ話が聞こえてきた。

「おいおい、水樹凛香が男と飯食ってるぞ」

「どういうことだよ。彼氏か？　男のほうは……誰だアイツ。見たことねえな」

一部の男子生徒から注目されているわね。今度は女子生徒の声が聞こえた。

「綾小路くん、水樹さんと仲良いのかな？」

「ほら言ったでしょー。グズグズしてると、誰かに取られるぞーって」

……やっぱりモテるのね、和斗くんは。

当たり前よ、これほど魅力的な男の子、モテるに決まっているわ。

……ま、既に結婚しているわけだけども。

私が和斗くんの奥さんよ。何が起ころうと、この事実だけは決して揺るがないの。

それからも和斗くんと二人で話をしていると、私の親友である奈々(なな)がやってきた。親友と夫、私の三人でお昼を過ごす……こんなにも満ち足りた時間を校内で味わえるなんてね。

でも一つだけ気になることがあった。

途中、二人が変な顔をしていたこと。

まるで私の言葉の意味が分からず、キョトンとしているような……。

私、何か変なこと言ったかしら。

……だめね、考えても分からない。当たり前のことを言った記憶しかないわ。

☆

その日の晩。私が【黒い平原】にログインすると、カズから『おつかれ～。今、釣りしてるよ』とチャットが送られてきた。カズが自ら釣りするなんて珍しいわね。

そう思いながらチャットを返し、カズのいる海辺に向かい、すぐに到着する。

『月曜日に誘ってくるの珍しいな』

『今日のことがあったからね。少しでもいいから一緒にやりたくなっちゃった』

『そうなんだ』

昨晩から興奮が収まらない。今、自分が生きているのだと、そう実感できるほどに、身と心が震えている。愛する人とリアルでも会えることが、こんなにも幸せなことだと想像すらできなかったわ。

『実は学校にいる間、ずっと緊張していたんだよね～』

『緊張？　どうして？』

『そりゃカズの中の人と会えるんだと思ったら緊張くらいするよ～』

『全然そんな風に見えなかったけどな。朝の時間とか本を読んでたじゃん』

『そう見えないように振る舞っていただけ。本の内容も全く覚えてないの』

内容を覚えてないどころか、逆さまに読んでいたわね……。さすがに恥ずかしくて言えないけど。

それからも私は夢中になって和斗くんとチャットをする。満ち足りた時間というのは過ぎ去るのがとても早く、気づけば22時を超えていた。

アイドルとして自己管理は怠れない。早くログアウトしなくちゃ……。そう思う一方で、もう一人の私がログアウトすることを拒んでいた。

『もう落ちるよな？』

カズからの問いかけに、どうしようか激しく悩んでしまう。本当は、もっと話がしたい。

悩みに悩んだ私は、ささやかな抵抗としてマイク付きヘッドフォンの話を振ったけれど、
それでもあっという間に和斗くんとの時間が終わってしまった。

名残惜しく思うけど、熱い余韻が胸の中に残っている。

ほぅ、と息を吐き出し、私は背中からベッドに倒れ込む。ギシッと軋む音を耳にした。

「今日の私、変な顔してなかったかしら。変なこと言ってないかしら……」

和斗くんにどう思われているのか、すごく気になってしまう。

数年前から夫婦とはいえ、リアルで会うのは今日が初めて。

これがキッカケで、何かしらの変化が私たちの間に起きるかもしれない。

……いいえ、既に起きているわ。

私は自分の胸に手を当てて、心地よい緊張を感じながら天井を見上げる。

「私の大好きな……いえ、愛する夫。綾小路和斗くん。いずれは私も綾小路に……ふふ」

あぁ、どうしよう。まだドキドキが収まらない。

もう和斗くんのことしか考えられない……！

「カズ……和斗くん……綾小路、和斗くん。和斗くん……和斗くん、和斗くん……和斗く

ん和斗くん和斗くん和斗くん和斗くん和斗くん和斗くん和斗くん和斗くん和斗くん和斗く
ん和斗くん和斗くん和斗くん和斗くん和斗くん和斗くん和斗くん和斗くん和斗くん和斗く
ん和斗くん和斗くん和斗くん和斗くん和斗くん和斗くん和斗くん和斗くん和斗くん和斗く
ん和斗くん和斗くん和斗くん和斗くん和斗くん和斗くん和斗くん和斗くん和斗くん和斗く
ん和斗くん和斗くん和斗くん和斗くん和斗くん和斗くん和斗くん和斗くん和斗くん和斗く
ん和斗くん和斗くん和斗くん和斗くん和斗くん和斗くん和斗くん和斗くん和斗くん和斗く
ん和斗くん和斗くん和斗くん和斗くん和斗くん和斗くん和斗くん和斗くん和斗くん和斗く
ん和斗くん和斗くん和斗くん和斗くん和斗くん和斗くん和斗くん和斗くん和斗くん和斗く
ん和斗くん和斗くん和斗くん和斗くん和斗くん和斗くん和斗くん和斗くん和斗くん和斗く
ん和斗くん和斗くん和斗くん和斗くん和斗くん和斗くん和斗くん和斗くん和斗くん和斗く
ん和斗くん和斗くん和斗くん和斗くん和斗くん和斗くん和斗くん和斗くん和斗くん和斗く
ん和斗くん和斗くん和斗くん和斗くん和斗くん和斗くん和斗くん和斗くん和斗くん和斗く
ん和斗くん和斗くん和斗くん和斗くん和斗くん和斗くん和斗くん和斗くん和斗くん和斗く
ん和斗くん和斗くん和斗くん和斗くん和斗くん和斗くん和斗くん和斗くん和斗くん和斗く
ん和斗くん和斗くん和斗くん和斗くん和斗くん和斗くん和斗くん和斗くん和斗くん和斗く
ん和斗くん和斗くん和斗くん和斗くん和斗くん和斗くん和斗くん和斗くん和斗くん和斗く
ん和斗くん和斗くん和斗くん和斗くん和斗くん和斗くん和斗くん和斗くん和斗くん和斗く

ん和斗くん――和斗くん……」

ベッドに寝転ぶ私は、寝る瞬間まで和斗くんについて考えるのだった――。

あとがき

「ヒィィィ！」という声が貴方の口から出たのなら、俺の勝ちだ！

ええ、書籍化が決まった瞬間、絶対に書いてやろうと思いましたよ。

なんなら最後の二ページで水樹凛香というヒロインが完成すると言っても過言ではありません。あの瞬間から、この物語が始まったのです（適当）。

申し遅れました、私、自由な作家を夢見る『あボーン』という者です。

はい、名前からして超ヤバい。ストーリーは勢い任せ、ペンネームからは地雷臭漂う。

よくまあ、これでオーバーラップ文庫様から書籍化の打診を頂けたものですよ！

多分ですけど、私の担当編集者様の感性がズレています。

読まれる前提で書いてますけど、担当編集者様の感性がズレています。

だって私がどれだけ面倒臭いこと言っても、ノリノリで付き合ってくれますからね。

（色々とご迷惑おかけして、ごめんなさい）

でも一番変わっているのは、書籍化する前から応援してくれた読者さんたちです！

こんなねー、勢いだけのストーリーなのに……。

本当に……応援ありがとうございます！

そして館田ダン先生！　素晴らしいイラストをありがとうございました！

想像以上にすごすぎて、逆に申し訳なくなりました……。

この小説に関わる全ての方に、心の底から感謝しております。
私が思っている以上に、多くの方々に支えられて書籍化できたのでしょう。
本当に、感謝しかありません。ありがとうございます。
何よりも、この本を手に取ってくれた方々に感謝を。
これが最初で最後のあとがきかもしれないので、とにかく思いを伝えました。
エンタメ性皆無だけど許してねっ！
以上、あボーンでした！

ネトゲの嫁が人気アイドルだった 1
～クール系の彼女は現実でも嫁のつもりでいる～

発　　行　2021年5月25日　初版第一刷発行
　　　　　2023年7月27日　　　第六刷発行

著　　者　あボーン

発 行 者　永田勝治

発 行 所　株式会社オーバーラップ
　　　　　〒141-0031　東京都品川区西五反田 8-1-5

校正・DTP　株式会社鷗来堂

印刷・製本　大日本印刷株式会社

Printed in Japan　ISBN 978-4-86554-905-8 C0193

作品のご感想、ファンレターをお待ちしています

あて先：〒141-0031　東京都品川区西五反田 8-1-5 五反田光和ビル4階　ライトノベル編集部
「あボーン」先生係／「館田ダン」先生係

PC、スマホからWEBアンケートに答えてゲット!

★この書籍で使用しているイラストの『無料壁紙』
★さらに図書カード（1000円分）を毎月10名に抽選でプレゼント!

▶https://over-lap.co.jp/865549058
二次元バーコードまたはURLより本書へのアンケートにご協力ください。
オーバーラップ文庫公式HPのトップページからもアクセスいただけます。
※スマートフォンと PC からのアクセスにのみ対応しております。
※サイトへのアクセスや登録時に発生する通信費等はご負担ください。
※中学生以下の方は保護者の方の了承を得てから回答してください。

オーバーラップ文庫公式 HP ▶ https://over-lap.co.jp/lnv/